Z A I Z A I

仔仔

刘军 ◎ 著

四川人民出版社

图书在版编目（CIP）数据

仔仔 / 刘军著. — 成都：四川人民出版社, 2022.11
ISBN 978-7-220-12887-5

Ⅰ.①仔… Ⅱ.①刘… Ⅲ.①纪实文学—中国—当代
Ⅳ.①I25

中国版本图书馆CIP数据核字（2022）第213158号

ZAI ZAI

仔 仔

刘军　著

出 版 人	黄立新
策划统筹	陈蜀蓉
责任编辑	陈蜀蓉
特约编辑	李卫红
版式设计	戴雨虹
封面设计	梦幻组

出版发行	四川人民出版社（成都市三色路238号）
网　　址	http://www.scpph.com
E-mail	scrmcbs@sina.com
新浪微博	@四川人民出版社
微信公众号	四川人民出版社
发行部业务电话	（028）86361653　86361656
防盗版举报电话	（028）86361661
照　　排	四川胜翔数码印务设计有限公司
印　　刷	成都市火炬印务有限公司
成品尺寸	170mm×240mm
印　　张	14.5
字　　数	230千
版　　次	2023年2月第1版
印　　次	2023年2月第1次印刷
书　　号	ISBN 978-7-220-12887-5
定　　价	68.00元

目 录

人必须承担的和我们必存的心灵美好

——《仔仔》推荐序

余小刚

01

人间是情理的世界，人生是感情的行走。

我们每一个人，都是这个世界和这场行走中，被人牵念和牵念他人的一个。

天宇红尘，一个情字，铺天盖地，没有人能够置身其外。

诗意地讲，情是洒向人间的花雨，绚烂得让人无止尽地徜徉流连，润泽的是人心最为柔软的悸动。

理性地讲，情感永远是一切艺术创作的母题。

所以，无论有怎样的写作主题，情感都是执笔者掩饰不住的意脉。

正是因了牵念，在某一情感命题中，形成了人与人的关系。

人的关系本质上是极其偶然的确立。张爱玲那句"于千万人中遇见你所要遇见的人，于千万年之中，时间的无涯的荒野里，没有早一步，也没有晚一步，刚巧赶上了"，就是对这种偶然充满温情的表达。

有了牵念，人便有了许多自己必须承担的东西。

很多时候，我们是以"缘深""缘浅"来别开以牵念为关联的情分。由于对情感美好的向往，人们无不取"缘深"来规定对情分的质量取向。于是，中国文化史上演绎了诸如易水高歌、明皇长恨、梦梅好梦等充满赞许的人间正剧，也演绎了诸如莺莺责张、香莲告陈、十娘沉箱的醒世恒言。

02

如果以缘分来说事，我与刘军相识的缘分是语文教育。

那时，我主要活跃于杭州"千课万人"教师培训，几乎每年春秋两季，我都会应"千课万人"之邀，作为书面评课专家，到现场听课评课。

一天，由成都市教科院语文教育专家罗良建弟转来一封邀请函，邀请我去为在双流举办的一个语文教研活动写全场课评。

见授课名师有老朋友盛新风、管建刚，我欣然应邀。

当天晚上，作为教研活动的主持者，刘军邀请了参会专家聚餐。由此而认识。

孤陋寡闻的我，那时才知道，刘军主持的"名师汇"是当时川内较有名的教师培训品牌，并且他还是一家公开发行的学生作文杂志的主编。

后来，刘军戏称我由此蹚入四川小学语文"江湖"。

我与刘军从认识到现在，其实也就近 10 年。

10 年来，我很少以"专家"的身份介入"名师汇"的活动。原因很简单，我向往做一个四川小语人，却不喜介入"江湖"。"江湖"者，总给人比试"武功"之所的感觉，性格平和的我对于四川小语，"吾尽吾心"，足矣！

与刘军相处后感情却日渐加深的原因是刘军可交，他有一份对教育事业的热忱，更表露出一份对四川小语走向全国的责任。

这，算是我与刘军的情分。

由于常常在成都茶会互议四川小语的一群人中，我的年龄最长，因而他们不约而同称我必冠"哥"。

既然如此，我又何必矫情，于是在我的情感里，刘军就是"弟"了。

相互之间的称呼如果日积月累，其中蕴藏的情分会潜滋暗长。就这样，我与刘军的兄弟般情谊建立起来了，并且，没有半点"江湖"意味。

03

两年前，我与母亲的情分中断。

于我，母子之情这把亲情之伞断了伞骨。

母亲享年 89 岁，本为喜丧。

但我还是无法接受。

因为，我父亲在我还不到 3 岁的时候，就离开了我们。由此母亲以单薄的身躯，担起了抚养三个未成年子女的重担。在物质极度贫乏的年代，母亲以怎样的克己，来最终完成了抚养我们一个个长大，我们还都接受了程度不一的系统教育。母亲不说，我却时时用文字去探究母亲的精神世界。

当得知母亲时日无多时，我向刘军倾诉过自己心中的痛苦——人就是这样，心中一种美好的情分被宣布终结，倾诉是唯一排解的通道。

其实，那时，我早已经知道，刘军和我一样，有一种至亲亲情已然被宣布即将终结。

只是，我即将失去的是生母，他将失去的是亲子。

人啊，只要你成年了，你就必须承担你该承担的。

我们其实后来几近无言，但，都在心里默默承担。

04

去年底，刘军的朋友圈成黑色。

我知道，于刘军而言，该来的还是来了。

那段时间，我没有出现在刘军身边。我觉得，他应该去承担他心中的波澜起伏，我以任何方式去介入，不仅多余，而且不当。

10天后，我和几个刘军熟悉的朋友一起把他约到茶楼。我们之前就说好，不谈他的事情，只是让他感受兄弟情分的在场。

所以，当一脸憔悴的刘军出现在我们面前，他仍极尽其幽默之能事，我呢，只是拍拍刘军的肩膀，什么也没说。

还是刘军主动说出了他的想法：写一本书，纪念儿子。

我说，那是剜心的活，但也是你必须完成的一项工作。

然后，给他提出了一些建议。

让我没有想到的是，很短时间内，刘军已经完成了他的《仔仔》，发在了有我的一个微信群里。

我眼睛不好，不习惯手机阅读，刘军就找了一个时间，专门读给我听。我很专心，从字里行间，感受到了刘军想表达的和已经表达到了的。

05

刘军不避讳他对周国平《妞妞》的借鉴。

作为一种来自心灵高度激发的文字排遣，我们不应该以任何文体批判和文学批判去为刘军的《仔仔》做更多的意义解析与艺术鉴赏。

这本书，就是一个父亲失子之痛的责任完成。

然而，我想说，这绝不仅仅是一本失子之痛的宣泄。

在这本书里，刘军以其多年来对教育的理解，自觉站在了一个教育工作者的视角，把对儿子生命成长和与癌症抗争的过程，引入教育本体思考，尤其是从家长的视角，引发了对读书求学目的观的深入探讨。

在这本书里，刘军还以其真切的观察和感受，把一个孩子对生命的本能体验，以并不纵情的笔触展示出来，引发了体验至深的生命价值的思索和对生命本体的触及。

在这本书里，刘军以其医学的专业底子，在压抑强烈的痛苦氛围中，以寻医的叙事探讨了医学的能为、可为和无能为力。

当然，在这本书里，刘军想表达的东西还有很多很多。

或许是责任的自我肩负，刘军没有过多去想自己该怎样去告诉读者，这在写作专业上，就是所谓读者意识指向不确定。但我想，作为阅读者的我们，是可以不计阅读的秩序与习惯的固执。

因为，我们每一个人都心存一份对情分的美好！

于是，这本来自真切体验的文字集合的花丛，就有意义的蝶影！

最后，我想用余光中的《亲情伞》结束我这篇小文。

最难忘是江南

孩时的一阵大雷雨

下面是漫漫的水乡

上面是闪闪的迅电

和天地一咤的重雷

我瑟缩的肩膀，是谁

一手抱过来护卫

一手更挺着油纸伞

负担雨势和风声

多少江湖又多少海

一生已度过大半

惊雷和骇电早已惯了

只是台风的夜晚

却遥念母亲的孤坟

是怎样的雨势和风声

轮到该我送伞去

却不见油纸伞

更不见那孩子

（余小刚：《四川教育》首席记者，四川省作家协会会员）

英俊少年，快乐奔跑

——写在《仔仔》出版之际

刘晓军

世谓"快乐可分享，痛苦独自藏"，不尽然。此刻，怀着巨大克制和平静，提笔写下关于仔仔小友的场景和文字。

记忆中的仔仔是一个机灵、活泼、单纯、敦实的小男孩。他总是非常沉静而专注地望着你，似乎在说："嘿，你是谁？从哪儿来？要到哪里去？"信则灵，每一个孩子都是降临世间的诗人和哲学家。

喜欢看他在雪地里快乐滑雪。灿烂阳光下，像猎豹，像蜗牛，像兔子，摔倒了爬起来，格格格大笑，在雪地里撒野，蹒跚学步，汗流浃背，快乐着，欢叫着，呼朋引伴，雪花片片，漫舞天地间。

阳光下的绿茵场上，他和爸爸展开一场男子汉间的对决。速度迅捷，力度生猛，角度恰到好处，嗖的一声，皮球划出一道漂亮的彩虹之后应声入网，嗷嗷大叫，振臂高呼，欢庆胜利，那是少年成长的加冕庆典。

特别难忘，他居然很早就能读懂我的故事"杜撰"。原野辽阔，满天星斗，河滩沙地，绿皮红壤黑籽的"星红宝"瓜瓢开裂发出"奇妙声响"，仿佛有谁在撩拨着小提琴的第四根弦，乡村小夜曲的前奏太过美妙，居然邀请来了狡猾的"夜行客"，是黄鼠狼、田鼠或是猹一类的可爱家伙么，不得而知，但却令人无限遐想。

遗憾的是，命运之神有时也会"使坏"。天妒英才，病魔露出狰狞和残酷，横行肆虐。少年和父母一起抗争着，咬牙含泪，祈求一米温暖阳光。每一次走进手术室，都如同"勇士炼狱"一般戚戚然、决绝然，期间经历了怎样的心路历程呢？孤独而瘦小的身影拉长在廊道上，原本浓郁、刺鼻的消毒液真爱流香，洁白世界一片明朗。静静躺上手术台，麻醉剂渐渐发挥作用，头脑和身体缓缓地、沉沉进入梦乡。无影灯下，各种仪器发出各种奇怪的声响，白衣天使小心翼翼，全神贯注，一丝不苟，雕琢着"艺术品"，悬壶济世，妙手回春。室外，是长长的、煎熬的等待，是爹娘、哥哥姐姐、叔叔阿姨等所有亲朋好友默默祈福和牵挂的泪眼婆娑。小小少年，一次次走进手术室，独立面对恐惧、痛苦、煎熬的考验和淬炼。每一次术后醒来，睁开眼睛，是爸妈的微笑和宽厚温暖的怀抱，"浴火重生"，一切安好。欣然接受治疗，极度眩晕不是陶醉，极端乏力、剧烈呕吐检验的是血肉之躯的钢铁意志。早日康复，一切向好，回到挚爱的老师和亲爱的小伙伴身边，捧读文本，奇文共欣赏。就算病魔再露利齿，不妨踏上新一轮旅程。所以，我一直坚定地认为，小伙子是一位勇士，忍受常人难以忍受的痛苦，生活着，韧性学习着，体悟着，咬着牙，含着泪，带着笑，随时展翅飞奔向前。

很庆幸，他生活在一个条件优裕的家庭。父母、姐姐始终不离不弃，竭尽全力陪伴、保护、呵护，共渡难关，这是一种血浓于水的亲情和人性的伟力，是昭告、直斥、讨伐世俗中种种"背离""冷酷"和"抛弃"的一纸檄文！谁能想象？一连串打击、长时间惊愕、震惊、纠结、焦虑、忍耐、无奈、绝望接踵而至，凄风冷雨中的祷告，奔波多地的求医问药，绝境中燃起希望然后跌入深谷，遍体鳞伤不改初心，无尽哀伤却依然微笑着栉风沐雨……十多年如一日，心连心手拉手，伟大父母如斯，如斯父母值得礼赞。

静思中猜度，有机会读到此书的人，会产生怎样慨叹？有人一定会立志成为白衣天使，毅然投身于救死扶伤的伟大医疗事业的科技创新，克坚攻难？有人一定会坚定为人父母之初心，做好迎接新生命并且和孩子一起成长、面对所有快乐和苦难的决心和信心？有人或许会瞬间秒懂普天下父母的良苦用心，身体发肤受之父母，顿悟"父母在不远游，游必有方"的深意么？瞬间冰释前嫌，那些所谓的代沟、冷战、隔阂、误解全都逃到了爪哇国。

仰望星空格外璀璨，每一颗熠熠生辉的亮晶晶都是深情凝望你的眼眸。冥思默想，耳畔响起先贤的谆谆教导。鲁迅先生说："人只有活着，爱才有所附丽。"必须生活着，厘清真相，靠近真理，坚韧奋斗，适时喘口气，蕴蓄力量，从容应对，悄然绽放。耳畔响起西哲爱默生的句子："你的快乐，就是对这世界最伟大的贡献。"是的，快乐源自于崇高的理智感，来自于奋斗、耕耘、坚忍、无欲则刚和深深思念。罗曼·罗兰说："世界上只有一种真正的英雄主义，就是看清生活真相之后，依然热爱生活。"每一个人，都应该活出平凡英雄的模样。

是为感，志之。

2022 年元宵节

（刘晓军：四川省特级教师，成都市作协会员）

No.1

▼ 　必然的偶遇

人生无法彩排，

很多重要的决定都由不得"处心积虑"，

就像很多伟大的作品一样，

妙手偶得之，

偶然性始终是生活最真实的细节，

生命孕育无限精彩的梦。

1 此生初见

2010 年 12 月 24 日，仔出生在成都市妇幼保健院（二产院），一个紧挨宽窄巷子的地方。

那天，我在华西医院陪患脑梗的母亲。

小梅午后来看了妈，再顺道去成都二产院做孕检，约了同孕的小蒋和几位流落在成都平原的老同学，准备从医院出来就为迎接仔的到来来一场"最后的疯狂"。

20 世纪 30 年代初出生的母亲，在 40 岁后生下我。

这位与天下百姓一样皆爱"幺儿"的奶奶，知道又要添丁，抑制不住内心的喜悦，精神出奇地好。我的电话骤然响起，是小梅打来的。

"这场聚会爽约了。仔不能再待在我身体里，必须马上剖！"小梅在电话那头催促我，"仔的那些穿的、吃的以及我需要的，都放在衣柜里，就只能是你回家去取一趟了！"

原来孕检，小梅的尿蛋白和血糖都偏高，仔生活的微环境让他随时都有危险，必须立刻、马上、现在就剖。

我似乎听到不远处"嘟嘟嘟"的警报声，那么惶恐，又那么兴奋！

"老妈，我要去迎接您的第十二个孙子的到来了！"挂了电话，我从陪伴床上弹起来。

"去吧，快去呀，你还愣着干啥？！"母亲笑着催促我，"开车小心点！"再大，我在母亲眼里都还是一个孩子，分明我要迫不及待地去迎接我的第二个孩子了。

年近八旬的老母亲身体已大不如前，如今患脑梗，右手已失去了肌力，右脸也瘫了。

生命从来顽强，且生生不息。

一家人仍沉浸在家族添丁的愉快之中，把病痛暂时搁置。

我怎么回到家已不记得，一路都沉浸在再为人父的快乐中。

邻居卿阿姨把脑袋探进我未掩上的家门，问："老刘，是不是小梅姐要生了，看你火急火燎的！"

"是的，她留在医院不准离开，马上剖！"我回答。

卿阿姨帮我把那些备产的东西搬到客厅的沙发。我再次拨通小梅的电话，确认未遗漏什么，和卿阿姨再搬到车上，车的后座堆满了迎接小生命到来的吃、穿、用的物件……小梅是新生儿科护士，准备这些主要由她完成，的确为我分担不少，因为对第二次做父亲依然不知道要准备什么的我，于忙乱中毫无头绪。

从城西南的家辗转到位于市中心的二产院，时间在我这里感知不到，沿路怎么走的感知不到，能感知到的是迫不及待地去迎接幸福的来临。

有时想，生育孩子，当爸爸多么惬意——不用孕吐，不用分娩，不用哺育，只管享受为人父的幸福！

我到产院时，小梅已被推进产室手术。

手术室门开了，护士递给我病案书，要我签字，我在空白处写下"同意"，并签上我的名字，填上与孕妇的关系"夫妻"。

我有从医经历，知道"手术同意书"是格式化的，一切手术风险都得病人及家属承担，由不得你同不同意都须"同意"，否则手术无法开展下去。

这是我今生唯一一次愉快签下"同意"二字的；以后我又签了好几次，

心情却完全相反，尤其是为仔手术的每一次签字，都是那么重若千钧。

几十分钟后，手术室的门再次打开，医生问："谁是袁小梅的家属？"

"我，我是！"我迫不及待。

"母子平安，生个男孩！"助产士托起仔给我看，熟练地露出仔的小鸡鸡。我急忙凑上去，门已被掩上了。

后来小梅告诉我仔初到人间的一个细节。

小梅在手术室麻醉半醒时给医护央求："我想看看宝宝！"

护士把一张小床推倒小梅身边，里面躺着仔，粉嘟嘟的嫩脸泛着光泽，小梅的心瞬间被融化了。

"宝宝，妈妈在这儿！"半醉半醒的小梅亲切地呼唤着仔，看着天花板的仔居然循声扭过头来，睁着圆溜溜的眼眸寻找妈妈。

"我的天使，这是我生的仔吗，多么完美呀！"小梅完全忘了手术的痛，陶醉在欣赏自己孕育的完美艺术品里。

我们已育有女儿，上小学二年级了。此时，我们又添一子，"女＋子＝好"！有女有子，儿女双全，"好"呀，这是多么完美的人生际遇。

那时是傍晚。时间是：2010 年 12 月 24 日。

平安夜，洋人的圣诞节！

如果此刻有人要我发誓：不管未来这个孩子是聪明、健康，还是普通、疾病，你是不是会倾其所有去爱他，我会毫不犹豫地起誓：是的，无怨无悔，毫无保留地爱！

这是真的，天下所有的父母都爱孩子，超过了爱自己。

看着刚出生的仔在医院新生儿泳池里漂浮着，我们像欣赏一件艺术品，他是那么完美！

2　我从哪里来

后来仔问："我从哪里来？"

在成人世界，这几乎是一个基础哲学命题的构件！

但是，不要小看孩子，他只要有了思考的能力，这个问题一定会向他的亲人提出。

我虽然从生物学上做了很蹩脚的回答，却不得不做一番说明由来的回溯。

20世纪90年代前期的农村中学生，还不可能真切地充分分享改革开放的成果，读书求学之路，必然比忍受饥寒更艰难。

但渴望突出生活重围的理想与意气风发的青春豪情形成了高度的耦合，在应试教育的长鞭驱赶下，自觉地匍匐在文山题海的魔鬼训练场。

1994年6月4日，我倒在了训练场，持续的疼痛摧垮了年轻的体力和意志，躺在洁白的灯下铺着洁白被子的病床上，我脑子一片空白。我抓住主治大夫的手，哭着求她别手术、保守治疗，因为我要参加一个月后的高考。

然而，肾结石，这个被称为疼痛之王的疾病，不可能由着我的意愿！

这场病，因大剂量使用阿托品，我时常感觉视线模糊。

临考，语文老师蹇老赶到考室门口拉着我的手，给我鼓劲，要我相信自己的实力。

我是带着学法学的梦想进的考场，却无论以怎样的祈祷，都最终遗憾退场。

在复读与不复读之间，我无法选择复读。

因为贫困的家庭，因为逐渐老去的父母，因为在贫瘠的土地上靠读书获得成功的例子的贫瘠！

就这样，我听从了母亲"医家门前万顷田"的劝告，赶上了进川东北一所医科学校的最后一班车。

我发誓我从未想过学医！

芸芸众生如洲河之水，从莽莽苍苍的巴山深处汇聚万千溪流而来，形成滔滔奔腾之势，推动命运之舟滚滚向前。我和小梅都是汇入这所学校的一滴山泉。

校园生活并没有给我太多时间来考虑梦想之外的东西。尽管我和小梅在学校期间有三年的生活交集，但交往却十分有限。

三个寒暑易节后，我混在了"蓉漂"的人群，小梅则留在了当地一个中西医院做儿科护士，我们的青春，可能由此再无交会。

然而，青春的可塑性太强大了！

这，就不能不让人承认缘分的魅力！

缘分演绎了月老的传说，缘分也演绎了教堂的仪式！

男女之缘，更演绎了生命的诞生！

唯有缘分的这些演绎，任何人都不得不握住命运之手慨叹：怎一个缘字了得！

仔仔，是继姐姐到来的第八个年头，来到了这个世界，来到了我的生活。我知道，又一种缘分到来了！

在我的"恰同学少年"时代，有一首流行歌曲，旋律很美，歌词隐曲，那时只是喜欢，这就是汪明荃唱的《万水千山总是情》，歌词是这样的：

　　莫说青山多障碍

　　风也急风也劲

　　白云过山峰也可传情

莫说水中多变幻

水也清水也静

柔情似水爱共永

未怕疾风吹散了热爱

万水千山总是情

聚散也有天注定

不怨天不怨命

但求有山水共作证

……

那时尽管我自诩文青，却只感受得到美。今天，我才对歌词所指的意蕴有了进一层的领悟！

我相信，2010 年 12 月 24 日，是仔仔跋涉万水千山，来与我们赶赴一场聚会！

3　朋友来电

有儿有女，金玉满堂。

本来有了一女，还想再生一个，在二胎政策并没有实行之前，是一个朋友的电话，成为这种想法的动因。

"兄弟，你这周末有安排吗？"我在睡意蒙眬的清晨接通了朋友来电。

朋友姓董，籍贯和我邻县，来自美丽的光雾山，在成都搞印刷。因为我办学生杂志，我们有了很多交集，让我们在偌大都市的茫茫人海中有了这份必然的偶遇。我俩甚至都在府河畔太升桥头的时代天骄买了办公室，他1809，我1709，中午他只需要在楼上以跺脚为号，我们就会一起出门共进午餐。后来他搬去了城北居住，说是离批发纸的白马寺近，我仍搬到了城西南。我们因为时空差，两年不曾谋面。

"有什么好事，你怎么突然想起我？！"我有些诧异。同处一城，因为各忙各的，居然久违了。

"这周六中午来高家庄聚聚！"老董兴致很高，在电话里也感受得到来自他内心的喜悦。

"你又当爸了，这么高兴？！"我半开着玩笑半疑惑地说。

"是，我真的又当爸了！就是请兄弟来喝杯犬子百日宴的酒。"

我有点发懵：老董怎么不声不响地就当了二孩爸？这小子从未漏出任何

风声就又生了一个，就像他一合上印刷厂电闸，从一张一张纸进去到一本书出来一样，变魔术似的又制造了一个犬子？

高家庄是成都西延线上一家比较大的餐饮店，我到的时候几十桌已满满当当坐上了客人。老董正满面春风地招呼着亲朋好友，再为人父的喜悦写在脸上。老董夫人姓闫，闫嫂子温柔贤惠，正怀抱着胖小子让亲朋好友端详赞美。他们和我一样，已育有一乖巧女儿。

"兄弟，再添一丁吧！"老董见了我先说了这句，"犬子就叫'丁丁'！"

"我没这个想法，也不敢想！"女儿五岁了，却天生体弱，三天两头往医院里跑，我们为女儿的健康操碎了心，不曾想、也不奢望再养一个！

"你现在年轻，带一个正是时候，到了我这个年龄你再想生一个有点后悔太迟！"老董40刚出头，比我早6年出生。我那年三十有五，不为心动。

老董忙着招呼其他客人去了。

某天为照排一本书稿，我去到了老董城北的家。闫嫂子正在家哄丁丁，一会儿来一个和闫嫂子年龄差不多大的妈妈，怀里也抱着一个和丁丁差不多大的孩子，一会儿又来一个，一样标配：40岁左右的妈妈几个月大的娃！

"我们三家一起入股办了印刷厂，三家又一起决定再养一个，我们都如愿了！"老董兴致勃勃地说。见我不为所动，他又说："这个世上只有血缘兄弟姊妹才亲。就算不为我们的'江山社稷'考虑，也该为孩子在世上多一个伴儿着想！"老董语重心长地开导我，直接击中了我心里最柔软的地方。

三人为众，何况三家人都有此想法并一一变成现实。

是的，我女儿天生体弱，有一个弟弟或妹妹陪着她一生一世多好！

多年前的一次邂逅，我和老董成了朋友。我们多年后的一次偶然相逢，我居然成了老董话语的"俘虏"，做出了一个意义重大的人生决定：

重整旗鼓，再生一个！

4 揭开梦纱

经冬的土壤变得温暖湿润，种子在春阳的照耀下发芽，和着晨露一起探出头。

种在心田的梦也是一粒种子，迟早会发芽、破土，拔节生长，这是生命的必然。就如"再生一个"是我和小梅的梦，这粒种子悄然埋在我们生命土壤中，被一个偶然的事件击中，便疯狂地在我们心中拔节生长。

"生一个白白胖胖的小子，这是我心中的梦！"小梅情真意切说。

女儿是在成都一家妇产科医院出生的，顺产。这是我和小梅共同的决定：一个不曾顺产的妈妈是不完整的妈妈。

小梅下午两点被带入产室，五点过我被"传唤"进产室陪生。

小梅仰躺在待产床上，紧抓着我的手，旁边助产士叫"使劲"！

小梅露在床单外的脸皮下因用力绽开了很多出血点，额头正渗着汗珠。

又过去一个时辰，医生说：放弃顺产吧，剖！

我和小梅都严词拒绝了这个想让我们前功尽弃的提议，继续顺产。

女儿进出妈妈的身体足足用了 5 个小时。这是为人母的一次历险，对于女儿又何尝不是一次历险。

当助产士剪断脐带流出有些乌黑的淤血时，我明白了孕育是多么神圣又伟大的一项工程，母亲是人类延续多么神秘又伟大的功臣！

让母亲把这个过程再重复一次需要多大的勇气！为母则刚！

更何况小梅怀女儿时反应剧烈，因女儿孕吐得翻江倒海，为女儿吞咽得泪流满面，足足 3 个月，90 天，天天如此，到后来靠输液维持营养。

"还敢有再生一个的梦想，母无戏言！"我挑衅。

"戒酒吧，封山育林，绝无戏言！"小梅一口应允。

孕育生命是多么神秘而庄严的事。我在学医时就总疑惑胚胎学的分化理论，书上那么笼统地说受精卵经分化成人。人体的精细、精密与精准不是任何物件可以比拟的，也不是世界上能造出任何高科技产品的工匠能完成的，仅仅用"分化"来阐释人体生命的形成是多么的苍白无力。就是受精卵的形成也充满神秘：精子与卵子结合形成了受精卵，"分化"为人。

孕育的过程和茫茫人海中一个男人和一个女子偶遇在某处何其相似。迎来的这个小生命是那么的偶然，但分明又是我们的唯一，是必然的偶遇，是偶遇的必然。

这个孕育生命的神秘的过程，我们知晓了多少？我们又能控制多少？人的无知包括对自己身体形成也知之甚少。

5 "育"不可遏

在孕育生命这项神圣使命中，作为爸爸本来就干得那么少，我更应自律：坚决戒酒，绝不熬夜。几个月下来，无功而返，又暗自琢磨：缘，妙不可言，时分未到呀！

期间组织一次全国性班主任培训，有苏老从京城来，席间论起六种飘香川酒赞不绝口：水井坊、五粮液、国窖、剑南春、舍得、郎酒……要我陪他小酌，我执意推辞：苏老，我正封山育林！但经不起苏老三寸不烂之舌的鼓动以及感怀他对我的知遇之恩，应允"点到为止"，小酌了几杯。

那一月末，仔妈告诉我：有了！这是因为小酌几杯的功劳吗？！

时值 2010 年，庚寅虎年。我和小梅指腹命名：如果 TA 出生在庚寅虎年就叫"虎仔"，如果越过 2010 到 2011 辛卯兔年出生就叫"兔仔"。当然我们都希望生一个虎头虎脑的虎仔，不愿意生一个胆小怕事的兔仔。

前三个月，无惊无险，小梅的孕吐也没孕育女儿当年厉害。后面有点小出血，这对新生儿科护士出身的小梅来说也是真的"小儿科"。

至第五个月，小梅孕中再次出血。去挂了华西附二院产科门诊的号，B超检查显示：着床子宫前下壁，横位。

作为男士，我破例被允许进入产科诊室，坐诊医生一脸严肃："既然你们也学医，妈妈又在新生儿科工作，你们也算是同行，我现在的意见只有两条：要么住院保胎，要么终止妊娠！否则我无法保证母子平安！"我和小梅陷入了茫然无助。

"终止妊娠？！"我们从未想过这个惊心动魄的选择，万万使不得！

"如果你们要离开，我保证不了你们母子平安，必须你们夫妻签字，安全责任自负！"华西医院是全中国都有名的医院，这里的大夫是行业最权威的专业人士，对于这个意见，我们何去何从？

小梅向她原单位的医生同事求助。

"育"不可遏！

我们一定要保住仔，也许没有坐诊医生说得那么严重，医生总是把最严重的后果亮给患者。我和小梅都这么侥幸地想，于是我们在门诊病历上双双签上了字，从这一刻起我们就走上了捍卫仔的生命之路了。

我们辗转到一家私立产科医院，见上了小梅原单位产科主任，一位德高望重的产科主任医师。在那里重新作了 B 超、生化检查，主任在办公室接待了我们："既然胎儿已近六月，孕育不易，况且出血量尚不大，可以回家静卧保胎；我们都是医务工作者，若大出血及时就医也来得及。"

回家静养！我和小梅如释重负，谨遵医嘱。小梅除了卧床，就是躺沙发，适当在客厅走走，完完全全成了家里的国宝"大熊猫"。

小梅的同事小蒋也因为怀了二胎辞职回家，和小梅怀上的节奏基本一致。她们相约在成都二产院登记了产检，玩笑着订了儿女亲家，指腹为婚，后来机缘巧合：小蒋生了一个乖巧的女儿安安，仔是个十足的小子，由此多了些后来玩笑的话题。

孕育生命带给父母无穷力量！父母在有了小生命后沉浸在新生命带来的无穷无尽的快乐之中，对即将到来的岁月有的只是无穷无尽美好的憧憬，把为人父母的幸福当作必然，把育儿成才当作必然。那些日后偶遇的不可预知和天有不测风云，皆与此刻的幸福感知毫无关联。

我在这里想到了"优生"这个命题，这里的"优生"是一个生育概念，和后来学校"优生"即"优秀学生"不尽相同。即便是我和小梅都是医学生，小梅又是新生儿科护士，我们对于仔的优生又做了多少？尤其是我这个爸爸，我是不是选择了最佳生育年龄？是不是为生一个健康宝宝选择了最佳身体状态？

　　"优生"虽然那么重要，但是我们却一心为了再做父母而忽视了这点！

6 "弟弟是男的"

临到一周后出院了，我被叫去给仔办出生医学证明。

为仔报名，再次被提到"议事日程"。"今年属虎，乳虎啸谷，要不叫刘啸谷如何？"我征求小梅的意见。

小梅还沉浸在痛并幸福之中，似乎对儿子的名字还没有兴致。

女儿是尚在腹中就想好了名字的。我姓刘，谐音"流"，与水相关，女儿是水做的骨肉，小梅姓袁，谐音"源"，名取意"饮水思源"，取名"刘思源"，寄意不忘根本，不失本色，不违初心。这是小梅也乐意的名字。

"姐姐思源，弟弟辞源，如何？"小梅也不满意。

其实我读鲁迅《自题小像》"灵台无计逃神矢，风雨如磐暗故园。寄意寒星荃不察，我以我血荐轩辕"时感慨万分，这里的"轩辕"意为"华夏民族"即"祖国"，这二字大气，厚重，方显男儿豪迈。

我这么思忖着，在办出生证明时，就自作主张的给仔填上姓名：刘轩辕。"辕"这也兼顾妈妈的姓氏谐音，心中还有几分窃喜，完全忽略了黄帝号轩辕氏，别名"姬轩辕"，这可是我华夏文明始祖，我家小儿岂能与其争"名"。

仔一改姐姐的少食体弱，除了食妈妈母乳，对辅食来者不拒，仰头一饮而尽。人长得白白胖胖，十足一"虎仔"。又因特别能吃，我们习惯叫他

"猪仔"或"仔猪猪"。

隔壁蔡婆婆总是站在门口问仔仔："仔仔，今天吃啥？"

"排不（骨）！"帮妈妈提着菜篮的仔回答，边说边嘟起性感的小嘴，不管是炖，还是炒，仔猪猪手抓排骨，嚼得嘴角流油。仔也是"竹韵天府"的娃娃明星，他的名气都是吃出来的。肯吃肯长的"仔猪"，比院里"俊哥哥"还重。

小梅乐此不疲，梦想成真：养一个白白胖胖的小子！

小孩总有把觉睡倒了的时候，仔猪也有：白天呼呼大睡，一到深夜清醒至极，偶有夜啼。我自然担起"陪夜"重任。"梦娘娘早些来，不在路上捡干柴，早些给仔猪猪送个瞌睡来！"这是母亲早年哄我们的摇篮曲。我抱着仔，扭秧歌似的在卧室往前踱三步，又后退三步，口中反复唱诵这几句。倒也灵验，仔不哭了，但仍无睡意。

走倦了，小梅也醒来了。我们双双躺在床上，只是让仔在小梅肚皮上滚，又放在我肚皮上往下滚，再放在我们共同用身体镶成的肉道上往下滚，逗得仔格格地笑。我和小梅看着小肉团滚下去又抓上来，再滚下去，再抓上来，也哈哈大笑。

半夜里，满卧室的笑声，一点倦意也没有。那是无数幸福时刻的缩影。

除了"排不（骨）"，仔最兴奋讲的一句完整话是"大车大车大大车"。

男孩喜欢车，仔也不例外，满阳台都是他各式各样的车玩具。有警车，鸣着警笛；有救护车，"呜啦呜啦"叫；有赛车车队，十多辆排成列；有载重车，装满各种塑料果蔬，惟妙惟肖；有火车，六节八节车厢拼成串……阳台下就是马路，每每有公交或是货车从窗下驶过，仔都扶着窗护栏高兴地蹦着，嘴里嚷着："大车大车大大车！"

仔讲的另一个完整的句子是"有一滴滴儿烫"。仔喜欢吃排骨，总是用手抓着啃。一次，他抓起一块还未褪去高温的排骨，烫着手了，又不忍弃，着急地送到嘴里，烫着嘴巴了，自言自语："有一滴滴儿烫！排不（骨），有一滴滴儿烫！"说完自顾自地笑，似乎想用笑来掩饰自己贪吃的尴尬相。

我是兄弟姐妹六人中的尾巴，仔自然是我们兄弟姐妹中最小的晚辈，集万千宠爱于一身，离他最近的是堂哥锦仔，也比仔大近四岁。

仔过一岁生日时，近五岁的锦哥哥有了奇妙的发现。一家人聚在一起为仔庆生，仔要尿尿，锦哥哥刚好路过，看见正尿尿的仔后，跑到嫂子那边急急忙忙地讲：

"妈妈，妈妈，我发现：弟弟是男的！"

"哈哈哈……"满屋笑声，幸福快乐的笑声。

是的，仔是个男的。仔长得很健壮，仔也活得很快乐。作为爸爸妈妈，我们生活在儿女带给我们的无边幸福之中，贪婪地享受着这人间最美好的天伦之乐。

人生的旅途，尽是斑斓的风景！

幸福的时光之舟，载着一家人的快乐遨游在浩瀚的海洋！

快乐是必然的，幸福也是必然的。

No.2

▼　疾病是阴谋

疾病是可知的。

为什么人类几乎不曾战胜任何一种疾病？

疾病是可治的。

为什么癌症带走了那么多鲜活的生命？

疾病终归是人类生命中的一场阴谋，

尤其是藏在小儿身体里的癌，

这是多么不可思议的存在！

1

4.5/1000000 = 仔

能吃，好动，活泼，可爱，健壮，聪明……用一切带有幸福感和充满活力的词语来描写仔，都显得那么贫瘠乏力。仔和所有健康的孩子一样生命力蓬勃，个子抽条拔节如雨后春笋，身体健硕优美如山野牛犊，生活幸福快乐如天使在人间！

像无数个孩子一样，仔让整个家充满欢乐气氛，小猫小狗一样在客厅爬行，迈开腿颤颤巍巍学步，从无意识的清脆梦笑到看到姐姐玩跳跳球时的开怀大笑，从牙牙学语到叫"爸爸""妈妈""姐姐"，再到含糊不清背诵"锄禾日当午，汗滴禾下土"……就像坚不可摧的泰坦尼克号首航大西洋，满船载歌载舞。

一个寻常的中午，仔在客厅的哭声让小梅赶快从厨房跑出来，原来一岁十个月的仔用力拔墙上电视的插头，一下，两下……用力拔出的插头打到仔的右眼部。照顾仔的堂哥还原了真相。

"妈妈，痛！"仔满眼含泪，用肥胖白皙的小手指自己的右眼。

"打你，打你，怎么就伤仔了？"小梅打向插头，安慰仔。

虽然从小我们就告诉宝贝水火电危险，小朋友不可随意触碰，可是谁能阻止仔一岁十个月的好奇心呢。

小梅抱着的仔，右眼有点红肿，满心伤痛，却说："仔是男子汉，这点痛不怕！"

仔止住了哭，很快和堂哥一起玩着车队游戏。孩子的快乐就是如此简单，只要和心爱的玩具在一起。

四天后的中午，周五，小梅打给我电话，说："还是带仔去医院看看他的右眼，院里一个奶奶说这样放心些！"

仔的右眼一直有点肿，其他无异。

"多事！"我在心里嘀咕，一边吩咐人去省医院挂了个眼科的号，一边回家接母子去医院。医生开了CT，仔不能安静配合，又开了安定。我去缴费做检查。

"多事！"我心里再次嘀咕，"不就是个意外伤打了一下，犯得着如此兴师动众吗？"做完检查，我迅速带仔和小梅回了家，因为周六还要去郫县给一家消防警营做文化策划。

周六中午到家时，胖乎乎的仔正呼呼酣睡，凑上去亲亲仔胖乎乎的圆脸，一股幸福的暖流贯穿全身。睡下不久我突然起身，想起医院的检查应该有结果了，穿衣出门。小梅在卧室问我去哪，我说去医院拿报告，心中隐隐泛起不祥的预感，选择了一个人先去看看。

扫码，打印报告单，抽出报告单：右眼内直肌 1.9cm 占位性病变。明明是一张纸，怎么就千斤重；分明午后暖阳，怎么就晴天霹雳！

我迅速挂了眼科门诊的号，希望给坐诊医生再看看，我是不是错觉了。坐诊的是位女医生，副主任医师，把CT片仔细端详了很久，沉思着不说话。

"老师，我是孩子的爸爸，也是学过医的，孩子有事吗？"我打破了这种暴风雨来临前的死寂。

"孩子多大了？为什么不做个彩超？"和蔼可亲的副主任医师边看片边问我，"横纹肌肉瘤属实，但边界尚清楚，不排除良性可能。良性好办，切除即可。若是恶性……那做个彩超，看看肿块里有没有血流迹象，好吗？"边说边在电脑上开检查单。

接下来大地一直在往下陷，我的身子随着下沉，跌入无底深渊！我已漂浮起来，不知归向何方！

泰坦尼克号正全速前进，不远处冰山的寒气已让人不寒而栗。黑夜正从四周弥漫而来，我被这厚重的黑越扎越紧，喘不出气来。

疾病是身体里的一场阴谋，令我们悄然身陷其中。

10月25日，周二，省医院。

服用镇静药剂后，仔睡着了。仔孤零零一个人被送进厚重的机械孔中，听得见体层扫描仪快速转动的声音，犹如我的心动一样迅速。血流？良性？恶性？……像一条条蛇纠缠在我大脑里，又从我大脑里游出来，满巷道满电梯满大厅地游动着。游动的不是一个个人头吗？人头攒动还是蛇影游行，在我眼里若真若幻。世界是真实的，只是我已幻化，面对突如而来的疾病通知，我们被卷入了一场不曾预演的生命悲剧。

CT 的结论证实了那最可怕的事实，仔貌似健康的身体患了癌，低分化（即是恶性程度很高）的癌。

仔一无所知。

我和小梅早已泪流满面。

据美国癌症研究中心 NCI 的数据报道，横纹肌肉瘤在儿童中的发病率为 4.5/1000000。

这一百万分之四点五里竟然有我们的仔！这是一个阴谋，它潜伏在仔清澈明亮如泉的右眼眶里。

就像大西洋上漂浮的冰山，在黑夜里撞上全速前进的泰坦尼克号生命巨轮。天啦，就这么小小的右眼内直肌上附着的 1.9cm 条索状的坏东西，就像一颗即将引爆的定时炸弹，有朝一日，像冰山撞击泰坦尼克这艘巨轮一样让它沉入海底。

仔的生命安全受到如此巨大的威胁，作为爸爸妈妈，怎么可能束手就擒？！

"滴！"我的手机提示我收到新的信息。是阿明传来照片，打开一看，是前不久仔在他婚礼上的照片，专业摄影师照的，仔饱满的脸闪烁着一双炯炯有神的大眼睛，红润的嘴唇嘟拢着，模样是那般的甜美可人。

"像极了你们家族人的模样！"阿明留言，他仍沉浸在新婚的幸福中，及时传递给我好心情。

可是，仔的右眼里有个 1.9 cm 的癌！我们将面临一个完全不同于从前的幸福世界，这个家的轨迹悄然变化。

是的，4.5/1000000 = 仔！仔是横纹肌肉瘤患儿，天啦！

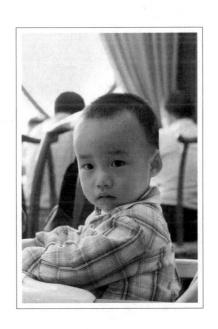

2 成都不哭

我们乖巧的仔，他那么纯真无忧！

你这可恶的瘤，为何这么残酷无情！

仔患了癌，我的上帝，这是多么荒唐的事！

仔的生命那么充满活力，他那么健壮，怎么可能与癌联系在一起？居然是从仔自己右眼内直肌上长出来的。仔的内直肌不是帮助他眼球自如转动，去观察这美好人间的吗？去看这世界无限风光的吗？长出你这么个条索状的坏东西干吗？

拿掉它，这个条索状的坏东西！

一刻也不停留，必须马上拿掉它。

我接到周六坐诊副主任医师的电话，言辞恳切："我预约的病人刚好推迟了，我正好有张床位，你们赶快入进来，尽快手术，拿掉它，活检！"言语充满温度。

我和小梅犹豫了。这是真的吗？会不会有可能是误诊？我们的仔如此健壮，怎么可能是癌症患儿？手术有什么后遗症？会伤了仔这张英俊的面庞吗？会影响他的视力吗？这怎么可以？我们的仔如此乖巧。

仔依然啃着大块的"排不"（骨），依然"格格"地爽朗清脆大笑，依然安静怡然地呼呼大睡，睡梦中笑出一对小酒窝，让人忍不住亲吻他红扑扑的脸蛋。

我们白天装成像什么也没发生一样，逗他开心。夜晚，我们抚摸着仔嫩滑的肌肤，看着他睡着的安静模样，泪水夺眶而出，泪流满面。小梅冲出卧室，我紧跟出去……

哭，不是软弱！

"不哭，我们不能垮，仔需要我们，我们一起拯救仔！"

"不哭，哭能解决什么。仔都没哭，我们一起抗争！"

成都的夜，万家灯火。茶楼里，市民们在酣战麻将；院坝中，老人们在歌声中跳坝坝舞；马路上，一辆辆汽车睁着带光的车灯一闪而过；小区内，一盏盏灯暖着天伦之乐……

成都不哭！

我们得拯救仔，刻不容缓。家人朋友一合计，大家都认为成都还是 H 医院眼科手术最好。

那就 H 医院。遂调动一切力量，好几天仍撬不开入院 H 医院的门。

希望总在绝望中获得。在 H 医院读研的小老乡一舟同寝室有上眼科的研究生，居然做通了导师的工作，同意收仔入院手术。

谢天谢地！在入院处去拿仔的入院通知书时，工作人员从厚厚的一摞里抽出仔的，我才更深刻地感受到，这个机会是多么的来之不易。

11 月 8 日上午 9 时，小梅陪仔进入了 H 医院手术室的大门，仔从妈妈怀里被医生抱走。仔在挣扎着哭，很快静脉挂注的安定让仔静下来，仔被固定在手术床上。小梅无助地退出手术室。

第一次手里怀中没有了仔，有的只是仔的哭声，小梅早已泪流满面。

手术室和住院楼被一处天桥连接，我被孤零零留在天桥上。同学刚仔的电话来了，问仔的手术情况，我终于忍不住在电话这头失声痛哭，只感觉手术楼与住院楼都在旋转。

我和小梅都不知怎么回了病房，应该是心里想着仔术后随时会回来。看着病床上空空如也，上一刻还有无忧无虑、面容姣好的仔睡在那里。我和小梅再次相拥痛哭，全然忘记这里还有邻床的病人。

仔回到病房已近中午，还在麻醉未醒中。在我们眼里已面目全非，头被纱布罩着，右眼被纱布裹着。我们可怜的仔，一个人去了手术室，麻醉，手术，你是多么孤立无助！你又经历怎样的痛！你完美无缺的面庞从那手术刀划下去的那一刻起已不再完整，你完美无忧的人生也从那一刻起踏上了新的征程，你从此成了一位抗癌勇士。

"我没能带给你好消息！"从病理科回来的主刀教授交给我仔的病检报告：$M_{yo}G^+$，Des^+，胚胎型横纹肌肉瘤，恶性肿瘤。

临出院了，我问："教授，我们接下来怎么办？"

教授不痛不痒地说："我只管手术、病检，我这里任务完成了。"

"不是还要放化疗吗？"

"这不是我的事，这个要找肿瘤科。"

"啥时去找好呢？"

"先出院吧，等两三周手术伤口好了再去。"

拆了纱布，仔的右眼从内眦到外眼角，留下一条长长的刀痕，整个右眼肿胀着。

这哪里还是我们熟识的仔呀？

一周后，H医院门诊部，肿瘤科。

"我们这里不接收8岁以下的孩子，因为设备的原因。"坐诊的是位男大夫，"你这种情况治疗意义不大！"

男大夫看着精神面貌极差的我，补充一句："回去吧！"

"我要尽力拯救我的孩子，还可以去哪？"我很焦急。

"去上海X医院，去那里看看吧！"

成都不哭。

但成都有憾！

　　我拨通了上海的于伟同学的电话，他不敢相信："不是上个月都好好的吗？"他刚回过一趟成都见过仔，十分喜欢这个乖巧的小子。"我马上过去！"

3 沪上烟火

11 月 20 日下午接到于伟的电话，说 X 医院医生意见是叫马上过去，需要立刻化疗。

春秋航空载着我们一家三口在静悄悄的夜晚冲入云霄，仔已熟睡。仔的三爸随机陪同，21 日凌晨降落在浦东机场。

谁曾想到，仔的第一次飞行竟然是寻医问药？

上海滩迎接我们的是疾风骤雨，黄浦江畔暴雨如注，伴随着遒劲的海风从天空倒下来，街面如沧海横流。

从酒店到 X 医院要穿过一条街，伞根本撑不了，我和小梅便把仔夹在胸前，两人使劲拽着伞，避免仔被淋湿，我们差不多成了落汤鸡。

我们好不容易去见过小儿血液科 Y 主任，Y 主任是留学美国的医学博士，本科是在华西医科大学上的，她说成都是第二故乡。这么说那我们应该来自她"故乡"，心里倒有几分亲切。

◆ 相信己院。Y 主任说，H 医院的病检报告只能参考，需要 X 医院自己病理科报告确诊后才能上化疗。这需要回 H 医院借组织切片，谈何容易！

"H 医院是三甲医院，还不够权威吗？"我问 Y 主任。

"这与权威与否无关，是我院施治的要求！"Y 主任不容置疑。

"不是您讲的要赶紧化疗吗？孩子已手术十余天了，我们等不起！"看着术后还在恢复中的仔，我们央求道。

"我也是爱莫能助，这是规定！我们只相信我院的检查。"被我们视为"故乡"亲人的 Y 主任在规定面前无能为力，我们又能怎样。

三爸决定当天返回成都去接洽此事，留下我们在上海苦苦地焦急等待。

沪上仍然是风大雨大。

好不容易从 H 医院借出活检组织，再加急寄到上海，时间已是 11 月 26 日了。

6 天就像 6 年一样漫长。

总以为仔的病在这几天变坏了，因为 Y 主任当初忠告："术后横纹肌肉瘤长得很快，应该立刻化疗，一刻也不能等！"这不是白白等了六天吗？

◆ **器具真相。**在等病检结果的期间，Y 主任建议："做个全身 PET-CT 吧，看看有没有转移。"

"不是说横纹早期不转移吗？"

"这样放心些。"Y 主任替我们考虑周全。

仔在镇静剂作用下再次孤零零一个人被卷入厚重的机械孔中，做了个全身扫描，厚厚一本报告书，把仔从头到脚扫了个遍，除了右眼，全身无异常。

X 医院病检报告：$M_{yo}G^+$，Des^+，胚胎型横纹肌肉瘤。

与 H 医院报告无异。

Y 主任拟定仔的治疗方案："孩子治疗分三阶段，每阶段三个月，一阶段一评估。由于疗程长，为避免化疗输液时化疗药物意外漏液腐蚀肌肤，最好中心静脉置港！"

还要在仔的胸前上腔静脉内植入一条带橡胶头的硅胶管子，直通仔的心脏，那些充满剧毒的化疗药物从这个管道被源源不断地输送到仔的心脏，再顺着仔的血液流向全身，去杀死危害仔的癌细胞。这些生命力比正常细胞还强的癌细胞被杀死了，正常细胞又是一种什么惨状呢？一场战争在仔的身体里展开，化疗药物带着它的威力杀敌八百，自损一千。化疗是人体的一场新的医疗事故？

不得不联系胸外科，手术静脉置港。手术医生说这是个小手术，顶多只要半个小时就搞定。仔又一次孤零零一个人被推进手术室，我和妈妈又被手术室厚重的大门隔在巷道。

医生模样的医务人员递给我一张处方签，说出医院大门对面门诊药房有卖。

"我们不是住院病人嘛，还要到院外买药？"我有些不解地问。

"这个药医保不能报销，院里没有。"

"一定要用吗？"

"这个你们自己看着办，也可以不用，但麻醉效果会受影响，孩子会吃更多苦。"

为了仔好，我不得不拿着药单按指引到了院外那家门诊药房，工作人员熟练地给划好了价，不菲！我做过实习医生，还算熟悉就医用药之道，这路径有些陌生，很久以后才慢慢适应。

一个小时过去，仔还没被推出来。摁门铃，医护人员说在等麻醉醒来。

一个小时又过去，仔还没出来，我和小梅有点焦急，不是半个小时的小手术吗？直到将近三个小时，才听到叫我们，我和小梅赶快凑过去。

一张推车上固定着四个孩子，每个孩子各置一角。仔嘴巴张着，分明是在哭，但听不到声音，已经哭哑了。

那以后，仔去眼科，一看到无影灯就全身战栗。我真不知道那天术前术后仔在手术室无影灯下经历了怎样的恐惧！？

◆ 日间病房。终于可以上化疗了。

X 医院小儿血液科收治的是白血病一类的疾病，仔被安排在日间病房，后来才得知横纹肌肉瘤的孩子都安排到日间病房。

每周二上疗，一周一次，一次一天。

事实并没有听起来这么简单，日间病房需要挂 Y 主任当天的号。医院挂号处 7 点上班，一般需要凌晨 4 点起床去挂号才能保证早一点挂上，因此我见过上海凌晨 3 点的风景：挂号窗前长凳上更有早行人，只为一张号，悄然排成行。每每拿到印有靠前序号的号单，每每都如释重负。

8 点半找 Y 主任开药处方，缴费，领药，转日间病房静注。

仔用的经典 VAC（长春新碱 + 放线菌素 D+ 环磷酰胺），输完液，时针已指向凌晨一点，宽阔的大街上偶尔疾驰而过的车辆，马路两旁孤零零亮着昏黄的灯光。上海的夜里十分的凉，回到出租小屋，饥困满身。

◆ 白挨一刀。仔右眼的手术伤口愈合得还可以，只是右眼角老是突出一条赘肉。

问 Y 主任，她说这不归她这个化疗大夫管，这是眼科的事。我们去了眼科，开了眼膏，不见好转。

挂了眼科教授的号，教授说："这孩子在之前做的手术，应该是没切干净，又长出了，差不多是白挨一刀！"

我和小梅的心又揪紧了。三月第一个阶段化疗效果评估，完全印证了眼科教授的判断，核磁共振检查报告：仔的右眼肿块达 3.4cm。

这一天是 2013 年 3 月 3 日，我为送女儿上学回了成都。我不得已已经将女儿转到寄宿制学校，她得自己照顾自己的生活和学习。

一天辗转跑了五个医院，最后长征医院眼科魏锐利主任给出中肯意见：必须再次手术，手术难度极大。这位权威而慈祥的主任推荐三个医生，一个在京城同仁，一个在武警总医院，一个是他自己。还告诉我们："除了我们，其他人再动孩子的眼睛意义不大了！"但长征医院尚未给如此小的孩子做过手术，麻醉也跟不上。

"It's shanghai." 我总以为这句对于仔来说应该译为"这是伤害"。

上海滩，东方电视塔，中国最国际化的大都市，并没有给仔带来幸运。有的只是除夕夜的烟花爆竹响彻通宵，从我们租住的杨浦，蔓延到整个上海滩，都笼罩在此起彼伏的焰火怒放、爆竹声声的繁华中，让仔一次又一次惊到瘦小的身子颤抖。

我们一家四口蜗居在狭窄的小屋，硝烟味弥漫四周，感受除夕夜远处别人的喧嚣与热闹，幸福是他们的，快乐是他们的，年节是他们的……

我们有的只是诚惶诚恐。小梅把小屋的窗闭得紧紧的，不让烟火的火药味和爆竹的狂闹声挤进我们的小屋，我们只想在偌大的繁华都市寻一方安宁，让仔安静地休息。

4 京城初雪

三月三，风筝飞满天。

我安置好女儿入学寄读，坐凌晨第一趟航班飞上海浦东，急转地铁摇到杨浦，取了仔的核磁片，午后跳上高铁赴京。

电告京漂的建华兄弟："我不要理由，我只要肖教授的号！"

在赴京高铁上收到回信：挂号已搞定！

心中不免一阵狂喜，在漫漫求医问药路上，一个名医的门诊号是那么弥足珍贵。这似乎是一个好兆头。

3月4日上午，我见了在武总做外科大夫的博士栋哥，栋哥是我同乡，给我加了肖教授的特需门诊号，300元一张，这是我第一次挂这么贵的门诊号。

在栋哥的引领下，没入地下一层的专家特需门诊。近午才见肖教授。不过3分钟，他说："转我院手术，术中置粒子！"

4日晚我在北京南站接到仔。我们一家有了久别重逢的喜悦，似乎在茫茫京城获得重生一样兴奋。

◆ **第二刀**。我们很快入了武总眼科，管床大夫姓杨，高高大大的一北方汉子，杨大夫同时负责仔术中的粒子置入。

我见了肖教授，恳请他："肖主任，孩子病情严重，我们是奔着您来的！"

"我会亲自去！"肖教授爽快地答应了我们的请求，我在心中升起巨大的希望，有了绝处逢生的感觉。

2013年3月15日，是仔第二次眼部肿瘤摘除术的日子。

"3.15"是消费者权益日，可仔却是患者，患者是消费者吗？癌症患者在医院有巨额的费用支出，却算不上消费者，权益保障更无从谈起。比如杨大夫告诉我仔的手术需取掉一大块右面颊骨，用可吸收材料是8000元，粒子（碘[125]）要植20颗，先缴费预订，每颗2000元……我一点迟疑都没有就应允了。

仔第三次孤零零一个人被推进了手术室，我和小梅这次出乎意料的镇静，似乎还有几分庆幸。

手术进行一个半小时以后，戴着口罩穿着手术衣的肖主任站到手术室门口，手里提着一袋福尔马林溶液浸泡的标本，很有把握地说："这次切得很干净！"肖教授的自信给了我们无限的希望。

这第二刀是那么完美，尤其较第一刀手术通道的选择就让初通医学的我十分信服：不再是割开上眼睑，而是打开右眼外眦，取右面颊骨一块，推开右眼内容物，让长在内直肌上的肿瘤充分暴露在术野，力求干净！

因为肿瘤综合治疗中手术切除干净是那么重要！

◆ 粒子置入。杨大夫与作为家属的我作术前交流，说：粒子置入是我国刚开展的放疗手段，鉴于仔刚满两岁，外放每次都要镇静，放射区有眼睛晶体，又紧邻大脑，术中术野粒子置入放疗是仔最好的选择。

说是征求意见，我们这些患者又能有何异议，除了"谨遵医嘱"还能怎样！

看仔术中X光片，20粒白点肉眼可见，那就是碘125，一种放射性物质，却堂而皇之地分布在仔的右眼眶里。只是仔从手术室出来，他的右眼前就悬挂了一块厚厚的铅板，说是防粒子的辐射，杨大夫也招呼我和小梅要离仔的右眼远些。两岁多的仔头悬一块能遮住右眼部的铅板，20 颗粒子就像 20 个据点，释放的射线把周围的肿瘤细胞"照"死。

仔又怎么防辐射？仔正常的细胞又如何幸免碘 125 的"照射"？

是的，医生明白说了：因粒子置入，由于辐射，仔的右眼视神经必然受损，仔的右眼视力是保不住了。

我和小梅自我安慰：不是还有左眼吗？这是造物主给人的备份。

我们甚至给肖教授建议：为了手术切除干净，要不把右眼摘除？！

肖教授否定了我们的提议，他说手术医生一定要有人文关怀，一定要为患儿今后生活留足尊严。况且，临床上有眼内容全部摘除仍然复发的眼眶横纹肌肉瘤患者。

◆ **北京你好。** 仔在眼科术前杨大夫就上了一个小化疗，术后及时联系儿科，要我们及时转科化疗。我不得不说：首都北京的医疗规范做得真好，尤其是肿瘤治疗需要多学科综合施治，武总是我们求医路上做得最好的。

儿科刘主任一脸严肃，不苟言笑，已过退休年龄仍然坐诊。我说："主任您也姓刘，您差不多是孩子的姑奶奶了！"

"你们留给姑奶奶的机会也不多了。"刘主任查阅着仔的病程记录，刘主任话中意义是这一次不是初治，仔已经完成一阶段化疗，第二次手术，已经定性：胚胎型横纹肌肉瘤 2 期。

诊室外，白杨树枝丫光秃秃地横斜在阴冷的天空。医院围墙种着一圈万年青，万年青上憩着一丛丛白雪，透过来丝丝凉意。

仔被儿科收治了，进行手术切除，粒子放疗之外的化疗，这一次是完全联合治疗。是的，患儿的初治方案的科学选择是多么重要。

我时常想，要是去年 10 月仔一生病就到武总又能达到怎样一种疗效呢？我们往往都是在慌乱中仓促决定。

仔 8 月 15 日在空军总医院 PET-CT 评估结果显示：全身无异常！这让刘主任那张习惯了庄严肃穆的脸上也有了笑容，拿着 PET-CT 报告单喜出望外。

空总评估结果出来的前夜，小梅一直在床上辗转难眠，我却一动不动，其实我们都一夜无眠。

8 月 15 日一早我一个人去了空总，拿到 PET-CT 报告本，听放射科医生说：全身无异常！我把这个好消息告诉小梅，然后我在放射科楼道放声痛哭，那是如释重负后的宣泄。我不知怎样从空总出来的，只知一路茫然地撞了不少行人，一路点头鞠躬致歉：对不起！对不起！对不起！

北京，你好！仔在北京获得了新生，我和小梅一直这样坚定认为，仔的病把他拖入了痛苦的深渊，但武总的综合治疗让这艘历经苦难的船靠了岸。让疾病这个埋在身体的阴谋被揪了出来：切除、照射、化学医药攻击……

5 "有门，门在这儿"

摘自 2019 年 5 月 28 日朋友圈文字："……悟得，其一，人生实苦！在冷暖尘世须苦中作乐，珍惜甜蜜幸福的时光。对一切苦厄保持沉默，有尊严地面对苦难，不可以轻易承认苦难于自己是命运固有，我们都是幸运的归乡人，一直在归乡的路上。其二，每一个人都有两个生命，一为肉身的生命，关注粮食、水分和大气，随着岁月的推移慢慢变老，一天不停地走向消亡；一为精神的生命，关注丰富、安静和高贵，随着岁月的沉淀渐渐丰盈，一刻不歇地走向强大。"人处在尘世中，需要找到出口。

◆ **读书寻路**。2013 年冬。仔还在上海 X 医院化疗，我和河北的艳春姐在北京南站相逢。姐是因为担心我扛不住，专程从霸州赶火车来见我。

姐是全国优秀语文教师，却因为过劳导致血压低，她的身体健康状况让她被迫离开了心爱的讲台，因此信了佛，网名：云水禅心。

我说："姐，我不会去信佛，我读周国平先生《妞妞：一个父亲的札记》，试图用哲学帮我找到苦难的出口。周先生的书让我受益匪浅。比如他说父母因受'全或无'观念的左右，即孩子要么是十全十美，要么是一无所有，却不愿接受孩子因病致残，让孩子失去了最佳的手术治疗时机；周先生书中还说：痛苦是不相通，所以面对苦难不必说，只能默默忍受，就会对痛苦产生免疫力，忍是一种自救，即使自救不了，至少也是一种自尊……"

我后来读周国平先生的哲学散文，以为灯，以为药。

"弟弟，我这回真的相信你不会被这场困难击倒！"信佛的姐姐菩萨心肠，后来又到天津市来看望在那治疗的仔，安抚我们全家。我们原本素昧平生，因为语文结缘，从此再未走散。

我一直视这为人间真情，于我们更是一种精神支撑。

◆ **妈妈食谱。**化疗让仔的胃口一降再降，有时胃肠痉挛疼痛让孩子面色铁青，额头汗珠滚落。

仔没哭，小梅早已泪流满面。一切孩子的疼痛，通过亲情这个气场加倍传到父母心头，万箭穿心。

小梅是专业儿科护士，知道通过饮食维持仔的血象对治疗意义重大。于是妈妈便调整仔的喂养食物：水果、牛奶、粥、蔬菜羹、鱼、猪肝、蟹……轮流上阵，丰富美味；喂养方式：少食多餐，每次吃那么一点点，每两小时喂一次……

仔也特别配合，渐渐地能嗅出妈妈喂养的气息，大姨见小梅喂得太累，接过碗勺，从仔后脑勺递到仔的嘴巴，仔直摇头："我要妈妈喂！"大姨只好作罢。化疗期间定期验血，仔很少因血象低耽误治疗，基本不曾耽误疗程，这与仔妈天才般耐心喂养不无关系。

◆ **神奇扑克牌。**从租住地青塔到武总，要穿过高铁高架，横过繁忙宽敞的复兴路，挤进窄窄的永定路就可以看到彭真亲题的院名，这需要乘坐64路公交车。每次去医院在站台等公交，64路开过来，仔总是最早发现，异常兴奋："妈妈，64路，64路来了！"便拽妈妈的手挤公交。

这是仔最先认识的两个数字：6，4。于是仔妈买了副扑克牌，指给仔认识了全部10个数字。后来大些了，四五岁的样子，仔妈、姐姐、仔还利用扑克玩"斗地主"，打"干瞪眼"，"逗10"……回到出租屋玩，治疗间隙在病房也玩。这些扑克牌游戏帮助仔转移了治疗期间很多痛苦时光，而且潜移默化地完成了数学启蒙。

后来想，仔对数学感兴趣，应该在那时就埋下了种子。

◆ **玩具回家。**《让玩具回家》，这是钟叔叔送给病中仔的绘本之一，每次睡前，妈妈都把仔抱坐在怀里，指着绘本上的图画给仔念文字，说每个玩具都有自己的家，和玩具玩耍时把玩具从家里"请"出来，玩完了要把玩具送回"家"：从哪里拿出来就放回哪里。玩具回不了家会想妈妈，会伤心的。在屋里铺上一块塑料拼图，然后把仔的"挖掘机""警车""水果部落"，机关枪，积木拼图……全部请出来。

玩具是孩子的伙伴，在儿童眼里它们是有生命、有情感的。仔会一边玩一边和它们对话，还模拟出一些场景，还指挥玩具熊做动作……吃饭了，妈妈会说："仔，让玩具回家，免得它们想妈妈！"仔会习惯成自然地送玩具到原处。狭窄的出租屋总是干净整洁。

说到绘本，我必须记录三位朋友。其一是在成都工作的晓军叔叔，出差去北京，要我的租住地址，说一定要去看看我们。我怕偌大的北京让他不便，不肯告知。7月中旬，晓军从首都机场给我打来电话，说一定要来探望仔仔，给他送一套书来。我不好再推。三个小时后，小梅打来电话，说她和仔仔在青塔和晓军见上面了，晓军在夏日里穿过北京城去见仔，衣衫被汗水浸透贴在身上。小梅哭了，仔却尤其喜欢晓军叔叔的绘本。

其二是在知心姐姐杂志社工作的钟叔叔。老钟当时是《知心姐姐》杂志副主编，我因负责推动他主管的家庭教育讲座和他相识相知。老钟得知仔在北京治疗，第一时间来永定路请我吃饭，还打包了一条仔最喜欢的湘菜臭鳜鱼送给住院的仔，送了仔一口袋童书，叮嘱可以带仔一起读，很有意思，还说他会再来看我们。直到8月离京，我给老钟留言：结疗回蓉，无虑！老钟不曾回，我觉得这不是老钟为人的风格。后得知老钟在西安推广家庭教育不幸遇车祸身亡，是为终生遗憾。

其三是孙校长，一位慈祥的老教育工作者，退休前是北京某小学校长，一生和孩子打交道，退休了还为办小教联盟发挥余热，带给仔一摞图画书。孙老语重心长地对我讲："若是缺钱，你写个情况说明，我爱人是基金会的，我帮你想想办法，我担心你因孩子生病致贫！""孙校，我还能维持，不想轻易用善款。想想，要是哪天孩子真不在人世，我却不曾用自己的力量去拯救他，还有很多钱，那我还苟活于世有啥意义！"孙校认可了我的决定。谢谢孙老体谅。

这些人间温情，支撑仔和我们一步一步熬过身心疼痛的日子，也让我们仍然珍惜生命热爱生活，热爱这个无常的世界。

◆"照只像"。在北京租住的青塔是安置小区，有些岁月了，满院的槐树作证。近夏时节，满树花簇，招蜂引蝶，一串串洁白的槐花缀满枝头，微风拂来，弥漫着淡淡素雅的清香，沁人心脾。就像患癌的仔也不只有痛苦，他无意酝酿的生活趣事让租住小屋充满笑声，他也跟着大笑。

为了让仔治疗时少折腾用了尿不湿。一天中午，仔从卧室到客厅，叫大姨："大姨，照只像！"大姨一看，仔头顶着一片倒扣的纸尿裤，像戴着一顶长有一对耳朵的绒毡帽。大姨见了哈哈大笑，忙着叫小梅也出来看，妈妈也哈哈大笑；仔见大姨和妈妈都哈哈大笑，也忍不住"咯咯"地笑，边笑边扑到妈妈怀抱。大家相互看看，又哈哈大笑，直笑得眼泪都出来了。一会儿仔又去了卧室，再出来，头顶了三片纸尿裤，造型更酷了。

夜里上床睡觉，妈妈再出来的时候，仔又开始作秀表演，他把妈妈脱下的胸罩戴到自己胸前，又要"照只像"，惹响满室笑声。

那些灰色的岁月，要有笑，是多么重要，尤其是源于心的开怀大笑，会暂时忘记苦痛与艰难。这些寻常人轻而易举获得的快乐时光，仔和我们同样有。

◆ "有门，门在这儿！"一日午后，仔该午睡了。这天仔怎么也没有睡意，还吵着妈妈带他下楼："妈妈，出去玩！妈妈，出去玩！""先睡午觉，醒了再去玩好吗？""不，就不，妈妈，出去玩，出去玩！"边说边走到门口准备拉门了，妈妈生气了，大声说："出去玩，没门儿！""妈妈，有门，门在这儿！"仔边说边拉门。明白过来，小梅转怒为笑。

有门，门在这儿。仔不生气，他看到了出去的门。

妈妈生气了，所以"没门儿"。我们大人总被情绪破坏了心境，找不着出口。

仔用他的乐观与坚强，挫败疾病这个阴谋，叩开自己的生命之门！

No.3

▼ 有温度的"黏糊"

1978 年，75 位诺贝尔奖获得者在巴黎聚会。

会上，有位记者问当年的诺贝尔物理学奖得主卡皮察："在您的一生里，您认为最重要的东西是在哪所大学、哪所实验室里学到的？"

这位白发苍苍的诺贝尔奖得主平静地回答："不是在大学，也不是在实验室，而是在幼儿园。"

记者接着问："那您在幼儿园学到了什么呢？"

诺贝尔获得者说："把自己的东西分一半给小伙伴们，不是自己的东西不要拿，东西要放整齐，吃饭前要洗手，做了错事要表示歉意，午饭后要休息，学习要多思考，要仔细观察大自然。从根本上说，我学到的全部东西就是这些。"

仔在成都二十一幼度过了三年半的时间。他生活得怎样呢？

1 一路唐诗

诗歌是有治愈力的，尤其在人身处困境时。

◆ **青塔守望。**2012 年 11 月 20 日仔两岁不到离开成都去了上海，2013 年 9 月 20 日离京回蓉时两岁两个多月，兜兜转转在京沪"漂"了整整 10 个月。在北京的半年仔暂住在北京丰台青塔小区，一个满院槐树飘香的小区，一个建有幼儿园和小学的安置地。

这里离卢沟桥不远。

仔在治疗间隙，午后或傍晚都去小区走走，这似乎是仔在青塔一天中最快乐的时光。他总是提前走到门口把大姨、妈妈的皮鞋摆到鞋垫上。下了逼仄的楼道，便步入偌大的杨槐树荫里，不完整的水泥硬化地面，偶尔还有一处沙坑，坑里不规则地铺着些树枝，还有用坏的家电，与水泥斑驳的墙相呼应，显示出这里就是北京普通市民的栖息地。

这里的幼儿园却成了仔向往的去处，他总是在午后跑去那里。幼儿园临道路是一排铁栅栏，从栅栏看得见幼儿园铺着蓝色、红色橡胶的运动场以及运动场边的梭梭板和滑滑梯。仔跑到这里，总是双手抓着栅栏杆，使劲把小脑袋贴在两条栏杆之间，看小朋友在运动场做课间操，在滑滑梯上"嗖"地滑下来，或骑着橡胶球在场上蹦……仔守望着幼儿园里的一举一动：一群飞奔的小朋友，一位穿长裙的老师；一片欢快追逐的身影，一阵离开妈妈时的哭声……仔一言不发地看着，偶尔会欢乐着幼儿园的欢乐，离开时总是恋恋不舍。

"仔，你只要好好吃饭，好好睡觉，等回成都了，仔也去上幼儿园！"妈妈牵着仔，又蹲下来抱起来，安慰着仔。

这对于所有小朋友来说是那么理所当然的事，在仔这里都只变成了一种可能，希望无所谓有一般的可能。未知的世界让仔充满期待，未来的岁月于仔却是那么的不可捉摸。仔望向幼儿园的眼神那么执着与专注，让爸妈的内心那么酸楚与无奈。

◆ **诗路花语。**每个幼小的心灵都是在唐诗中丰富起来，唐诗是生在我们这个国度每个儿童成长的文化养料。能与仔背诵着唐诗走在上幼儿园的林荫路上，这在小梅心中是多么向往的美好惬意的人生时光。

2014年春，这一切都变成了现实。在每一个太阳初升的早晨，小梅牵着仔温暖柔软的小手，和保安叔叔道声脆生生的"再见"，穿过小区门口一片茂密竹林，林中不见鸟的踪影只闻鸟鸣，那么和谐悦耳。竹林里，仔背着昨天夜里刚学会的唐诗：

竹枝词

【唐】刘禹锡

杨柳青青江水平，闻郎江上唱歌声。

东边日出两边雨，道是无晴却有晴。

春风吹拂着竹叶摇曳多姿，竹林尽头桃花盛开如彩云簇拥，又闻童声诵诗：

风

【唐】李峤

解落三秋叶，能开二月花。

过江千尺浪，入竹万竿斜。

月亮爬上树梢，将清辉洒落在竹韵天府院落的林间小径，正是仔玩兴未消时。抬头忽见天上浮动的明月，即诵：

古朗月行

【唐】李白

小时不识月，呼作白玉盘。

又疑瑶台镜，飞在青云端。

去幼儿园路过三环跨路桥，桥头一排柳树，春来垂柳发新芽，仔又忙念起昨夜刚学会的诗——

咏柳

【唐】贺知章

碧玉妆成一树高，万条垂下绿丝绦。

不知细叶谁裁出，二月春风似剪刀。

原来，妈妈给仔买了一本注音版的《唐诗三百首》，每夜睡前背诵一首，先是妈妈读一句仔读一句，再是妈妈读两句仔跟着读两句，妈妈再读完全诗，仔再跟读。先是坐在床头一个字一个字指着认读，然后熄灯钻入被窝，妈妈读上句，仔接下句，或者妈妈读前两句，仔背后两句。有时我也会加入其中。在这样背诗接龙中，仔诵读着唐诗入眠。听到仔平稳均匀的鼾声,我们陶醉在这其乐融融中。

我把这种对古诗不求甚解的背诵叫着"种诗",通过这种熟读成诵,把诗句种到孩子的心灵深处,多年以后孩子身临其境时就会让诗句"复活"。

2018年国庆,我们一家夜宿武威,同行周叔叔说武威就是古凉州,仔问是不是王之涣诗里的"凉州"。然后,仔又诵:"黄河远上白云间,一片孤城万仞山。羌笛何须怨杨柳,春风不度玉门关。"我们这次没能去到玉门关,仔再也没机会去了。仔说:"还有王翰的《凉州词》:葡萄美酒夜光杯,欲饮琵琶马上催。醉卧沙场君莫笑,古来征战几人回。"

生在这诗歌的国度,脍炙人口的诗句早已融入每个华夏儿女的血液,成为丰盈灵魂的文化基因。仔的那本《唐诗三百首》几乎每日一诗,背诵完即画"√",数日后再回首复习。书页早已卷角或破损,有的甚至用胶布粘贴。

仔在上二十一幼期间,已将这些诗句烂熟于心。在仔幼小的心田,可以说已遍"种"诗歌的种子!记忆的春风拂过生命的原野,一定会绽放绿油油的诗意人生。

2 "国美电哭"

仔上的是成都二十一幼，坐落在武青东二路，和我们家竹韵天府小区中间隔着三环路。二十一幼是公立幼儿园，为坚定幼儿园不小学化的理念，故不教书写和计算。可是仔在幼儿园毕业时已经能自己阅读儿童书刊，同时，在题板上也可以做两位数的进退位加减法了。我在这里讲仔的识字经历，表明我和妈妈从没有强迫他去做，而是源于他自己的喜好与模仿（计算基本是在扑克牌"斗地主"和麻将牌"逗10"游戏中学会的）。

◆ 小书家涂鸦。我从小生活在川东北偏远的农村，我却感激我村小的老师，他传给我学语文的三个绝招：背诵课文，写毛笔字，作读书摘抄笔记。由此我从小对笔画有了兴趣，中学又追随六体皆工的轩之先生临帖习隶（张迁碑）。后来，我工作之余喜欢营造"心迹双清"的氛围，铺开宣纸写上几笔，怡心怡性，自娱自乐。

仔这时凑过来，也要握笔画上几画，我不愿给他讲什么技法，只打开字帖让他仿着写"古""中""上"……或者写下"轩辕——仔仔弟弟""刘军——爸爸""小梅——妈妈""思源——姐姐""二十一幼"等等他熟悉的人名地名。他在这种软笔涂鸦中习得了不少字。我现在想来，不知道他认得了这些字，还是这些字认得了他，反正我们从没有强迫他。只是我常在闲暇之余写几笔，然后留纸笔在仔能触及的地方，让他感受翰墨书香。

◆ **招牌识字。** 仔对方方正正的中国字似乎有天生的好感和浓厚的兴趣。刚从北京回成都，妈妈不想回竹韵天府家里住，不想让熟悉的邻居问起仔的病情，于是我们在姐姐思源上小学（川大附小西区）的清水河旁租了套房住下来。这里紧邻清水河大桥，大桥按川剧脸谱形式建造，桥下便是一家全国家电连锁国美电器卖场。

一天，仔和妈妈散步至此，指着店招兴奋地叫道："国美电哭，妈妈，这里是国美电哭！"

妈妈笑了，即刻又收起笑容，说："儿子，第四个字比'哭'多了两张嘴巴，变成'器'了，应该叫'国美电器'！"

"喔，知道了，'国美电器'，记住了。"从此，仔每过这里都主动说："妈妈，国美电器！"

后来我们搬回竹韵天府，仔仍然对从店招和道路指示牌上识字兴趣浓烈。从家出来上三环辅路过草金立交桥，桥头支着一路标"市中心"，仔隔着车窗给我讲："爸爸，这里往右走去'超中心'。"

我听完开始犯糊涂："哪有什么'超中心'呀，儿子？"

"路牌上标明是'超中心'，门口就有超市呀！"喔，原来妈妈和仔去楼下"东马超市"买东西教仔指认了"东""马""超""市"四字，这里误把"市"字认作"超"了。

"儿子，不是'超中心'，是'市中心'，往城里走的意思！"我哈哈大笑，仔也跟着笑。仔这种联想识字的技能一定在他认字过程中帮了他大忙。

◆ **猜字连读。** 仔总是一从幼儿园回家，就让妈妈读故事书，指认绘本，乐此不疲，到做晚饭了也不肯罢休，缠着妈妈不放。妈妈想了个妙招，指着书中简单的字，如"我""中""的""上"这些让仔认，仔总是能认得一个句子中的部分常见字，不认得的妈妈就让仔猜，结合绘本来猜字，猜不出也没关系，仔能大致明白这句话的意思就行，实在读不懂就问妈妈。

这样，妈妈就可以脱身去做晚饭。一开始还是有难度的，但仔兴趣不减，仔完全独立猜读的第一本书是注音版的《老人与海》，每每猜读出故事情节，总是心花怒放。时间一久，仔虽然仍不会写这些字，但他能联系上下文和书中图画猜读。到幼儿园毕业上小学前，仔几乎可以自己读《三字经》《三国故事》《史记故事》等一些童书了。

识字打开了仔读书的大门，让仔的童年生活增添了无穷无尽的乐趣。我们乐在其中，享受着仔无师自通的成长快乐。

事实也不尽然，仔后来辍学到天津治疗期间，为回归学校跟上学校进度，不落下功课，下疗（即用完化疗药）后在租住房习字，仔写"苦"字时总是把其中"十"的竖画写很长很长，让"口"缀在下面，几遍后仔也改不过来，小梅生气了："一遍不行就写十遍，十遍不行就写一百遍！"仔有些委屈，但仍坚持写，却总也改不过来，两三行还是没改多少，小梅心生怜惜，让仔停下来休息，仔扑倒妈妈怀里，满腹委屈，天生幽默地说："妈妈，写几十遍'苦'了，我也实在是苦呀！"

母子会心一笑"解恩仇"。是的，学习的过程一味强调快乐教育，不吃苦中苦怎么行！

3　与园长妈妈"黏糊"

偶遇良医，生命健康成长有幸。

偶遇良师，精神健康成长有幸。

◆ 蹲下来"黏糊"。二十一幼的园长姓叶，之前是一所小学的副校长，是因为酷爱幼教才主动请缨来这里当了园长。孩子们亲热地叫她"园长妈妈"，每每见面都会边叫边扑过去。

"哎——"叶园长也特别享受有这么多可爱的宝贝疙瘩。

仔是 2014 春季入的园。仔也亲热地叫她"园长妈妈"，每次叶园长会蹲下来拥抱仔，他们之间还有一个特殊的礼式，就是彼此把嘴唇凑到一起，然后深情相吻。

每次仔入园，走过了礼仪队，园长妈妈就站在楼道入口，仔飞奔过去，"黏糊一个！"园长妈妈发出邀请，嘟着嘴，仔湿润温暖的嘴唇贴上去……这似乎成了仔到园的一个期盼。

有一天仔放学后总也不开心，妈妈问起，仔说："两三天都没与园长妈妈'黏糊'了！"仔怅然若失。原来叶园长外出学习，有两三天没来园里上班，仔是惦记园长妈妈了。

叶园长身材很挺拔，每每蹲下来拥抱她的孩子们，我总担心她会很费力气。但叶园长每次都是那么自然地蹲下来和每个孩子问好，蹲下来凝视每个宝贝，夸他们真乖：头发梳得顺，脸蛋红扑扑的好看，眼睛真亮，小手洗得干净，指甲剪得整齐，红裙子真漂亮，"心"样发型很酷……真诚地赞美她的每一个天使，热忱地欢迎每一个天使来到这个大家庭。

◆ **唯爱与榜样。** 德国教育家福禄贝尔说："教育之道无他，唯爱与榜样而已。"叶园长真爱幼儿教育，从爱幼教这个职业出发，真心做孩子们集体的妈妈，真心爱每一个心爱的宝贝；不是一时之爱，而是持之以恒地去爱这个职业爱每个孩子，把这种爱当作自然而然的习惯，并带领每一位同事共同去施爱。这种爱的能力何其可贵。仔正是在这种爱的氛围里度过他的幼儿园生活，我们作为父母也享受着这种爱带给孩子身心健康成长的欢乐。我们一起在这种"唯爱而矣"的教育氛围里获得成长。

讲一个与女儿有关的故事。女儿小时候上的是一所私立幼儿园，小学择校到区名校，初中择校到私立初中，但她并未获得太多的学习乐趣，直到她初中毕业去了艺中学音乐。甚至在初中学习时，我们和女儿一起陷入了学习的焦虑情绪之中，我约了女儿初中学校的同乡贾老师，她一边教语文，一边写作，一边修心理学，我拜托她跟女儿谈谈心。我那之后接到贾老师的电话："思源是一个善良懂事的孩子，她甚至是一个坚忍自制的孩子，她心理很健康。作为父母，你们不必给她传递学习焦虑情绪，你们只要好好爱她就够了，静待花开。每一朵花总要绽放，只是花期不同而已！"是的，教育之道无他，唯爱与榜样而已。我和小梅幡然醒悟，到女儿学校旁租房陪伴她。周末时光，带仔和姐到学校旁的凤翔湖畔骑车，一起看鸥鸟飞翔，一起看夕阳染天，一起吹湖风习习，一起唱"青春修炼手册"……两个孩子在"唯爱"的氛围里顺利地度过那么多成长时光。

仔是幸运的。因为作为父母，我和小梅于女儿是第一次。我们没有再给仔择校，没有再把沉甸甸望子成龙的希望缀在他稚嫩的双肩上。仔的幸运还在他偶遇了叶园长——一个有爱且深谙幼儿教育之道的"园长妈妈"。

　　仔在没有压力的环境里自由地拔节生长，他的天性没有受到家庭和幼儿园的任何功利驱使。蝴蝶在野花丛中翩翩起舞，娇莺在茂林深处自在啼唱，鱼儿在清澈池水中自由漂浮。我有位在成都一所中学任教的高中同学，曾这样评价仔："仔是我见过最有灵性的孩子，不仅因为他的天资聪慧，更主要是他天性充分自由生长。仔在上学求知的年龄生了病，父母老师保护了他的天性，让他自由自在地生长，他的潜力得到最大限度的发挥！"我深以为然。

　　教育即生长！

4 玩，乐无边

玩是孩子的天性，会玩才会成长。

我们小时候生长在没有栅栏和车水马龙的乡村，我们在乡野捉迷藏，我们在草地里打滚，我们在池塘里抓鱼，我们在田间捉蝴蝶……我们在无忧无虑的玩耍中活成童年的模样。

◆ **拼捏新天地。** 二十一幼的教室里每个孩子都有一个筐，里面装着各式各样的积木。他们每天早上到教室就可以拿出这些积木来随意拼接，自主玩耍，或者和小伙伴一起拼……按自己的想象拼出"道路"，拼出"房屋"，拼出"桥梁"，拼出"汽车"，拼出"小猫"……拼出一片新天地，让想象力自由驰骋。除了拼，还有捏。捏橡胶泥，捏出了自己的"动植物园"：绿的花瓣点缀黄的花蕊，慵懒的"维尼熊"，调皮的"小老鼠"，熟透了的"小南瓜"……这些动物植物和谐共处于一方天地。

仔后来还去少年宫上了乐高课，选择不同的颜色搭配，堆砌不同的建筑造型，搭建不同的楼宇亭台……

在玩耍中，仔对色彩的辨认与搭配，对图形的变化与叠拼，对空间的平面与立体，都有了更直观的感受。

◆ **动起来，更精彩。**二十一幼的"左撇子亲子运动会"别开生面，令人回味无穷。

仔牵着我的手到运动场，那里早已人山人海。运动会的项目有家长拔河，孩子成了啦啦队员。一声令下，家长们铆足了劲地扯着绳子，仔和孩子边蹦边喊"加油"，但我们中二班代表队还是输了。

仔安慰我："爸爸，没关系，胜败乃兵家常事！"还有小推车运送孩子接力：仔坐在小推车里，我摇摇晃晃地推到了另一端，早已等在那一头的家长爸爸再推着自己的孩子跑向另一边。

动起来，让生命更灵动，让生活更精彩。

◆ **智者乐在水中。**水主题的课程贯穿仔的整个幼儿园生活，从小班到中班到大班，都开展不同水主题的课程。

小班：认识水。在教室的天花板上悬挂"水滴"，就像小雨滴悬在空中，了解水蒸气在空中遇冷变成水滴；水是无色无味的，水的颜色是倒映天空，水的味道是遭到了污染……

中班：水的作用。人像鱼儿一样离不开水，人体的70%都是水；水能载舟，亦能覆舟；水可以发电，可以灌溉……

大班：保护水资源。爱护环境，保护母亲河；节约用水，世界上最后一滴水，就是人类的眼泪……

最令仔难忘的是那次全园打水枪的游戏：每个孩子都穿了泳装，每个孩子都持水枪，旁边是满满几桶干净的自来水。万事俱备，音乐响起，仔用力抽满水枪时，早已受到眼疾手快的伙伴的水枪攻击，水柱喷溅到仔的头上，身上；回过神来的仔立即还击……这样你追我赶，运动场成了水珠四溅的天地，也成了孩子欢声笑语的天地……

快乐是此时孩子生活的全部意义。

◆ **会玩，天使长出翅膀。**玩是孩子的天性。"蹲下来"做幼儿教育，就是要尊重孩子的天性，让孩子活成孩子该有的样子：用孩子的心去感知世界，用孩子的眼去观察生活，用孩子的手去描绘场景……让孩子会玩，孩子就像天使一样长出翅膀。

小梅是儿科护士，对环境的干净整齐有着严苛的要求。对于仔，在家里却可以自由地玩，拿着彩笔在地板上涂鸦，甚至一高兴了会在漆过的墙面乱涂乱画，我们家的墙早已成了仔自由作画的天地，我和小梅容忍了他的"胡作非为"。仔在二十一幼的课内课外也是自由自在的玩耍，园里的课堂也是让他尽情玩，在玩中学知识，学与伙伴相处，学与同伴合作。他们还学着了解疾病，学着如何就医……仔就当过一回护士，穿着粉色的护士服，按处方打针，像模像样。

5 牵你的手

以爱育爱。仔在老师、父母、朋友的友爱中生长，养成了仁爱之心。仔爱老师，爱爸妈，爱身边的朋友。这种爱人的能力和习惯，让仔更爱自己的生命以及身边的一切生命。

◆ 一心养狗。仔想养只狗的心愿从未停止，我们陪仔看了《一条狗的使命》的第一部、第二部，让仔对养一只狗的愿望达到了顶点。电影中狗狗追问：我活着的意义，是不是只为人的幸福。就这么一份单纯得不含一丝杂质的爱，每一个人都不应该错过。

这也让仔一直纠缠着要养一只狗狗。仔妈承诺：你5岁生日后我们就养！仔一直盼着过生，到了那一天后，仔妈陪仔去买了一只小兔子。仔每天放学后喂养小兔子，但是因为喂养不科学，兔子病了，死了。仔妈怕仔伤心，说仔上学后一不小心兔子从笼子里跑出来了，小兔子是回家了，回家和妈妈幸福地生活在一起。

那以后，仔想养狗狗的愿望与日俱增，我们怕养的心思也日益严重。

假期，仔和妈妈去了绵阳乡下幺姨家，幺姨家有只小狗叫"陈小坏"，和仔那么有眼缘。仔总是大方地用排骨喂陈小坏，陈小坏也总是寸步不离地跟着仔在山坡上、田野里成天疯跑。

临回家了，仔和陈小坏谁也不愿离开谁。车刚走了一段路，仔哭了，陈小坏也追上来，仔打开车门，陈小坏跳上车，这就有了小坏在成都小住一些时日的经历。仔一放学就带陈小坏到院子里遛遛，在小区的草坪上嬉戏追逐。陈小坏还是习惯了乡下生活，对城里吃住很不习惯，后来不得不送它回绵阳老家，为此仔又痛苦了一场。

我问仔："你为什么这么想养只狗狗？"

"狗狗是人类的朋友，没有这个朋友我很孤独！"仔的内心那么丰富而柔软，仔是一个有爱心的宝贝。

◆ **开房车看世界。**仔的玩具中有一百多辆不同种类、不同大小、不同颜色、不同功能的车，足可以排成长长的"大吉列车队"，其中有一辆是房车。

这让仔在心里升腾了一个美好的心愿：妈妈一直陪着仔治疗、学习，不曾远游，长大后要买了房车，带妈妈去看外面的世界。仔郑重地给妈妈说："妈妈，我33岁时用自己挣的钱给你买一辆房车，大大的房车上有卧室，有厨房，我会开着房车带妈妈周游世界，去看大海，去登高山！"

"那你现在得乖乖吃饭，好好读书，养成挣钱的本领，才能买得起房车。仔还要锻炼好身体，会开车，会照顾那时年龄大了的妈妈！"我插话："只带妈妈吗？那我呢？那时仔是不是已娶了朵朵，我们一大家子一同出游！"……这是仔幼小心灵反哺妈妈的美好愿望，我想仔一直相信这是他能完成的心愿。但这个美好心愿现在搁浅了，成了仔吹过的牛皮，永远没有实现的机会了。

◆ **"长大保护你！"**我们同一小区有两个小朋友和仔在二十一幼同班，一个是仔的干妹妹灵灵，一个是仔的好朋友瑞瑞。

放学了，他们一同走出幼儿园的大门，结伴走在回家路上，穿过天桥，追逐在三环绿道上，一路笑声。

仔在幼儿园里最喜欢的朋友还是那个叫"朵朵"的小女孩，仔说："朵朵是我们班最温柔、最漂亮的女孩，我最喜欢朵朵！"仔最喜欢和朵朵一起玩，最喜欢和朵朵手牵手走出幼儿园，最喜欢和朵朵一起在校门迎接小伙伴来园。朵朵私下里也认为仔是她班最聪明、最勇敢的小男孩。毕业分别时，班里老师让孩子们给好朋友写下心里话。

仔给朵朵的留言：长大后我会好好保护你！

朵朵给仔的留言：长大了我们在一起！

幼儿园毕业了，两个孩子还经常相约，去兴隆湖边骑游，去"阿狸的田园"喂羊驼，去伊藤洋华堂美食城吃牛排。每次分别时，他们都恋恋不舍。

仔爱小动物，爱小朋友，爱老师，爱父母，以至于后来在治疗过程中，对幼儿病友也充满爱。

然而，这可怕的疾病，最终让仔充满爱意的心停止了施爱，这是那么荒谬，甚至是那么无耻。这么一个善良的小孩，对世界充满了爱，却在某个瞬间失去了爱的能力。

活着，才能让爱有意义。

No.4

▼ 大大的本领

兴趣是人对某一事物特殊的爱好，是成长最好的老师。

兴趣除了源于一个人的天赋，还是后天可以培养的。

发现和培养孩子的兴趣是为人父母最大的智慧，也是为人父母最大的财富。

兴趣本身不一定表现在智力发展方面，非智力因素往往决定一个人达到的人生高度！

仔在兴趣方面的培养和成长，是他面对苦难时表现出的坚强与抗争，让人心疼。

1 举棋不悔

人生若棋，小天地，大世界，风云突变，气象万千。

◆ "吃炮和"。我和小梅的一致意见是：我们不给仔补习文化课，最好是参加一些体育项目。在成都市青少年宫上乐高课时，妈妈让仔去体验了一把象棋，哪知从此仔就迷上了象棋。

象棋是智力的体操，锻炼一个人的思维，我们一致赞成仔成为一名棋手。但学了不久，仔因第一次病情复发中断了。但仔却与年轻有为的翟教练结下不解之缘。

仔治疗回来后仍上翟老师的班，但与同班棋士相比已落下了一大截课程，在两两对弈时，总有人想挑仔作为楚汉之争的对手。这时，翟老师就说："你以为和刘轩辕下，你就'吃炮和'了？！"

仔一开始是屡战屡败，翟老师鼓励他：胜败乃兵家常事。但仔思维敏捷，意志坚定，偶有妙招。对弈之后是计时快棋，仔一开始也是输多赢少，但他总是那么淡定。快棋之后翟老师会复盘，点评象棋计谋，仔能明白其中道理，在失败中总结教训。

这个淡定仔虽然在棋校是遭人吃的"炮和"，回家后却拉我和姐姐思源一通痛宰，找回常胜将军的自豪与快意。我很容易落入仔布下的天罗地网，一不留神，被仔的"卧槽马"弄得不得动弹。

我开玩笑说："仔，我让你一个最重要的棋！""不用，你让哪一个？"仔不屑地问。

"我让你'帅'，随你放马来攻，兵来将挡，炮来无帅，哈哈……"

姐姐思源是不愿与弟弟对弈的，因为从开始胜少负多到后来一胜难求，仔是得势不让姐，简直是虐姐，先不将军，只管快意通吃，让老姐孤"帅"一枚，这岂不是欺负人。姐姐投子负气而走，留下仔一人孤坐棋盘前。

◆ **棋高一着**。我们一家人玩"跳跳棋"，一人一方，仔的优势并不大，胜负参半。

我和妈妈通常不参加玩军棋，是姐弟俩拉开来战。这回作为老师的姐姐显出了胸有成竹的老道，胜负的天平倾向了姐姐，仔变得胜少负多，常常可以听到姐姐胜利后爽朗的笑声。

每每此时，仔仍如棋校战败时一样淡定，学着翟教练的口气说："胜败乃兵家常事，胜不骄，败不馁。"

仔主动铺开棋布，重新布子，央求姐姐再战一局。

这种对待胜负的态度成为仔一贯的作风，让仔有了一般孩子少有的坚忍与大度。比如对弈象棋时，仔每每要求自己举棋不悔，我出了昏招，他却宽宏大量地允许我悔棋。

我陪仔去参加棋士定级赛，仔开头两战两捷，后来皆败北，说："爸爸，我的对手是一位高中生哥哥，我实在战不过！"

我鼓励仔："不计输赢，重在参与，你到高中时也一样。哥哥棋高一着，何况不止高一着呢。"仔以为然，像一位久经沙场的战士，士气不减，虽然屡战屡败，但是屡败屡战，精神可嘉。

象棋是中华民族的文化瑰宝，方寸之间两军对垒在楚河汉界，对弈双方在经营一盘棋，就像一个将军在部署千军万马，简约而不简单。

2 游成一只蛙

仔一直希望自己有更多大大的本领，总是在我面前细数自己的本领，比如骑自行车，与姐姐追逐在锦江边；比如跆拳道，让白带在格挡之后变黄带；比如足球，站在点球点仔如威风凛凛的大将军；比如篮球，我们会沿着画线定点投篮……仔最喜欢的"大大的本领"还是游泳：在泳池里快活地游成一只蛙！

◆ **游贵有恒。** 仔是在成都体院拜师学游泳的。仔的教练蛋蛋老师是一位游泳女健将，当时正在成都体育学院上大学。

仔从蛙泳学起。学蛙泳要蹬腿，仔坚持每晚在床上练蹬腿。"1，2，3，4……20……30……40……50……"妈妈在一边数着数，仔在床上练蹬腿动作，妈妈数到"100"，仔有些累了，但蛋蛋老师要求每天练200次，仔要妈妈不停下来，"101，102，103，……195，196，197，198，199，200！仔胜利了！"

妈妈伸出大拇指，仔瘫在床上，一身肉嘟嘟的。

学蛙泳要学潜水，仔和姐姐一到泳池边总是要我当裁判，和姐姐比潜水。我数："一、二、三，开始！"仔和姐姐同时把头没入水中，我再数："1，2，3……8，9，10！"十来秒后，仔和姐姐猛地冒出来，各有胜负。

仔和姐姐都师从蛋蛋老师，很快学会了蛙泳。在碧波荡漾的泳池，仔和姐姐先后跳入水中，双臂在胸前打直侧下屈划水，两腿对称屈伸蹬夹水，两只"小青蛙"在泳道追逐前行，泳道上留下层层涟漪。

时不时姐弟相拥，泳帽下两副明晃晃的泳镜，两张笑脸像开在泳池里的两朵小花，与泳池欢快的水花相映成趣。

这时他们更多的是笑谈我的"狗刨水"泳姿，手脚毫无节律，身体随意扭动，"老爸这泳姿居然还能游，是开在这城市泳池的一朵奇葩！"

是的，老爸像你们这么大时生活在农村，我们偷偷下河下塘洗澡，完全是无师自通，在吃水中学会"自由泳"。

◆ **乐在水中。**仔从天津回到成都，对游泳更情有独钟。妈妈在家附近的麓山国际恒温泳池办了会员卡，仔总是一周两次拖着我和他妈妈陪他去游泳，周末会带上姐姐一道，好好比赛谁游得快，谁游得远。

这个恒温泳池 25 米长，我一般"自由泳"五六个来回，偶尔会拉伤腿部肌肉，时常是气喘吁吁。

仔会给自己计数，一次游十多个来回才上岸，坐在池边，露出胖胖的白肚皮，三道肉肉"游泳圈"赫然在目。仔一般是最后一个离开泳池去冲澡，总说："再游几个来回吧，我要把自己的身体锻炼得棒棒的！"

仔这时似乎明白要提高自身免疫力，去预防那个"可怕的坏东西"再来侵袭。每次从泳池到澡堂，看着仔健硕的裸体，粗胳膊粗腿那么苗壮有力，我怎么也不会相信仔是个癌症患儿。

仔后来正学着自由泳时，可怕的新冠疫情来袭，只能躲在家里。再后来仔第二次复发，病变从眼眶突入鼻道侵蚀入颅，从此仔离开了心爱的泳池，他矫健有力活跃在泳池的身影成了我们美好的记忆。

一泓清浅的泳池仍荡着涟漪，只能隐约听到仔那熟悉又爽朗的笑声……

3 口是心苗

高尔基说："作为一种感人的力量，语言的美产生于言辞的准确、明晰和动听。"不得不说，仔是有非常高的语言天分的，这也与他的生活经历和言语训练密不可分。

◆ **南腔北调。**仔出生在大西南，生下来就耳濡目染软软的成都话，言谈中带有几分幽默，幽默中蕴藏几分火锅煮沸时的辛辣。比如仔说的第一个完整句子就是："有滴滴儿烫！"是说吃汤锅烫着嘴儿。妈妈生气时说爸爸是"王八蛋"，不替妈妈出头的仔是"缩头乌龟"，仔躺进被窝，凑过身来小声给我说："我这只小乌龟，爱你这只大王八！"我和仔习惯性地伸出大拇指，彼此"盖章"点赞，诡秘地嘻嘻笑。

仔两岁不到东临上海，那时要么蜗居小屋，要么留院治疗，对"阿拉"上海话染得不深。主治大夫是地道的上海"阿拉"，人忙得跟黄浦江雨一样急骤，话快得跟上海滩的风一样迅疾。三个月后夜入北国，在京城待了半年，对字正腔圆的北京话有了最近距离的体会。尤其是化疗主治大夫"王爸"那大嗓门，一到病房见仔正蹲便池，丢下一句："熊孩子仔仔！"言语中充满了北方男人粗犷的真诚和对恢复健康必然的信心。

仔留在我的印象里更多的是"照只像""羊蝎子""符大哥"这些词汇。

后来南飞台湾，仔的语言模仿闸门被打开了，"电梯门要开呀～"每次去台湾长庚医院质子中心乘电梯上一楼，总是标准的台湾女音报这句话，仔也学着说，一遍后就有了相同的腔调。质子中心曾教授言语柔和，不疾不徐，先是亲切地叫："轩辕，到曾伯伯这里来！"然后一把拉过仔仔，一边亲切端详，一边吩咐护理人员递过玩具小汽车，或台湾的名小吃。医者仁心！

从台湾回来北去津门，偶遇主治王主任也一样轻声细语，那句埋怨我和仔妈的话："你两口子主意可真大！"仔也总是学给我们听，惟妙惟肖。王主任是说我们提前给仔带瘤放疗，对我们治疗时机选择不当丢下的生气话。

再后来追随王主任到山东济南，仔能学着说几句山东话，但明显感觉仔的话少了，他偶尔流露出对自己病情的不解。这一路来，仔渐渐成了"仔仔哥哥"，在北京有说内蒙古语的小弟弟和讲河南话的脸脸，同行的还有广东甫甫和武汉小虎，有西南南宁的想想和西北西安的滨滨，有青岛的霏霏和云南的丫丫，他们都亲热地称"仔仔哥哥"，仔都温和地待他们，和颜悦色地和弟弟妹妹相处，带他们唱歌，和他们一起打和平精英网游。

走南闯北的求医问药之路，让仔的语言成长在南腔北调的语境之中，但孩子总能感知那些真正温暖的笑脸，总能习得亲切温和的言语，并把这些善良友好传递开去。

◆ **粉墨登场**。歌德说："并非语言本身有多么正确，有力，或者优美，而在于它所体现出来的思想的力量。"仔的语言在经过青少年宫专门语言班训练以后，变得更加丰富有力。

2016年6月，在北京辗转五家医院仍不能决断仔是否复发，回到成都，仔去了语言班汇报表演。偌大的中华演艺酒城演艺厅座无虚席，仔落落大方地走上台，自信满满地开始了自己的表演：

"大家好，我叫刘轩辕，今年6岁了，我给大家表演的儿歌叫《小浪船》。

小浪船，两头尖，

风吹浪来，颠一颠。

掌好舵拉好帆

放心大胆开向前。

仔语音刚落，全场响起了经久不息的热烈掌声。仔扑向妈妈的怀抱，他们共同沉浸在学有所获被人赞许的快乐中。谁知这热烈掌声背后的凄楚，那"可怕的坏东西"已潜入仔的鼻腔。仔后来还学会了表演《十八愁》（贯口）：

数九寒天冷风飕，转年春打六九头，

正月十五是龙灯会，有一对狮子滚绣球。

三月三是王母娘娘蟠桃会，大闹天宫孙猴又把那个仙桃偷。

五月初五是端阳日，白蛇许仙不到头。

七月七传说是天河配，牛郎织女泪双流。

八月十五云遮月，月宫的嫦娥犯了忧愁。

要说愁，咱们净说愁，唱一会儿绕口令的十八愁。

虎也愁，狼也是愁，象也愁，鹿也愁，骡子也愁马也愁，

猪也愁，狗也是愁，牛也愁，羊也愁，鸭子也愁鹅也愁，

蛤蟆愁，螃蟹愁，蛤蜊愁，乌龟愁，鱼愁虾愁个个都愁。

虎愁不敢把高山下，狼愁野心要滑头，象愁脸憨皮又厚，鹿愁长了一对大犄角。

马愁备上那鞍鞯行千里，骡子愁的是一世休。

羊愁从小它把胡子长，牛愁愁得犯牛轴。

狗愁改不了那净吃屎，猪愁离不开那臭水沟。

鸭子愁扁了它的嘴，鹅愁脑瓜门儿上长了一个"锛儿喽"头。

蛤蟆愁长了一身脓疱疥，螃蟹愁的是净横搂。

蛤蜊愁的是闭关自守，乌龟愁的是胆小尽缩头，

鱼愁离开水不能够走，虾愁空枪乱扎没准头。

仔充满幽默的语言，配上惟妙惟肖的动作，惹得全班师生满堂大笑。班主任黄老师称赞："我的戏精仔哟！"

◆ **言为心声。**正如苏联教育家苏霍姆林斯基所言："如果善良的情感没有在童年形成，那么无论什么时候也培养不出这种情感来，因为人的这种真挚的感情的形成，是与最初接触的、最重要的真理的理解，以及对祖国语言最细腻之处的体验和感受联系在一起的。"

仔总是积极地面对自己的疾病，总是用笑脸面对一同抗病的弟弟妹妹。仔在病床上把自己长出来的头发扎成小辫子，拉着邻床小弟弟哈哈大笑，露出刚褪去乳牙的豁牙。我在圈里写道："××中的快乐小子，他无邪无虑，我是不是应该学习他一些东西呢？"

仔是善良的，仔是乐观的，仔是坚强的，仔的语言总是温暖的。因为，言为心声！

No.5

▼ 行走山海间

一个人当初来自山海间，最后归隐于山海间。

把自己的身影定格在高山阔海，我们成了其中的一部分，

看看大海，沙白海静；望望高山，云浮山隐。

把自己的情趣消融于苍山大海，我们的忧愁化得无影无踪，

谁听到海哭的声音？谁感受到山怒的容颜？

带仔去读大海，海浪声声，仔是海之子。

带仔去登高山，山影绰绰，仔是山之子。

1 漫游地图

求医问药、住院治疗，让仔比一般孩子有了更多的时光回到自己。因此，虽然辗转川沪京台津鲁六省市艰难的旅程中，但仔从来都是笑着在走。在治疗和上学之余，我们一家四口诗意地行走在祖国的大好河山间，去了三次彩云之南，南至北海，北出青海湖茶卡盐湖，东北临山海雄关，西南游九寨沟黄果树瀑布，西北穿腾格里沙漠，东南看淡水渔人码头的夕阳，川内遍访窗含千秋雪的西岭、天下秀的峨眉、天下幽的青城、天下险的剑门、霜叶满岭的光雾山……

◆ **西湖诵诗。**2014 年 5 月，我和仔妈携仔泛舟西湖，徒步苏堤，诵苏轼诗：水光潋滟晴方好，山色空蒙雨亦奇。欲把西湖比西子，淡妆浓抹总相宜。（$3\frac{5}{12}$ 岁）

◆ **北海有鱼。**2014 年举国同庆，我们举家自驾北海，仔第一次探海玩沙，沙暖憩姐弟。仔那时还恐水，无论荡舟漓江，还是漂浮浅海，都要人陪伴左右，像一只受惊的小鱼，挣扎在江海之间，快乐是真实的。（$3\frac{10}{12}$ 岁）

◆ **峨眉初雪。**2015 年 2 月春节临近，夜浴峨眉山脚温泉，晨起盘山而

上，车至雷洞坪滑雪场，仔滑雪初体验：白的雪，蓝的仔，流连忘返，自此爱上滑雪。（$4\frac{4}{12}$ 岁）

◆ **辛夷花开药王谷。**清明药王谷洗肺，看三兄弟结义石头城，只是不见广告中的辛夷花开。（$4\frac{5}{12}$ 岁）

◆ **九寨水趣。**2015 年 5 月，妈妈陪仔报团游九寨。仔酷酷的墨镜醒目的"心"形发式，映照着绚丽多彩的九寨水韵。水本无色，因湖光山色斑驳陆离；人本无兴，因山水起伏心旌摇荡。（$4\frac{6}{12}$ 岁）

◆ **剑门天下雄。**2015 年 6 月，出京昆高速尝剑阁豆腐，美味甘之如饴。仔健步剑门关，哭闹松树林荫间，与鹏哥英雄打马归来。夜泡山下温泉，有玩兴无行走倦意。（$4\frac{7}{12}$ 岁）

◆ **大美青海湖。**2015 年 7 月暑假，自驾青海湖，西北出天水，游麦积山石窟，日月山下，仔看着彩色牛羊若天上云朵。青海湖水天一色，鱼翔湖中，一家四口倒映其中。茶卡盐湖曰"天空之镜"，人在湖中似步天宇，仔于镜中嬉戏，不亦乐乎。黄河穿兰州而过，第一次夜游母亲河，河中星光灯光璀璨。靠岸尝手抓羊排，大快朵颐。（$4\frac{8}{12}$ 岁）

◆ **西岭千秋雪。**2016 年 2 月，成都西出不足百里，便是杜甫诗中窗含千秋雪的西岭雪山，这么近，我们却用那么久的时光才抵达。雪覆山林隐，一座银山突兀眼前，缆车在雪山飘飞，公交车亦在银砌的世界盘旋。不愧川内第一滑雪场，仔和姐姐、妈妈在这里第一次体验到滑雪的乐趣，在雪道上飞翔的感觉令人流连忘返。西岭雪趣，令仔叹为观止，于是 2021 年春节仔从山东返成都，我们一家再登西岭雪山。（$5\frac{2}{12}$ 岁）

◆ **峨眉天下秀。** 2016 年 7 月，峨眉雄秀，人猴谐趣。三江汹涌，看乐山大佛雄姿，山是一座佛，佛是一座山。雅女湖静，瓦屋山山泉清冽。（ $5\frac{7}{12}$ 岁）

◆ **初逢彩云之南。** 2016 年 8 月，未至拉萨初逢彩云之南。摘朋友圈文字："向着梦境那方——湖泊，雪山：无数次召唤；森林，峡谷：千万句的物语；草原，牛羊：行走着的诗行……西藏，我们来了！一直以来，我以为西藏是一生必须要去的地方，最好的方式便是自己驾车沿川藏公路去，再好莫过于带上一家人说走就走。此次进藏之旅满足了我以上所有的夙愿。临行，考虑到仔尚幼且女儿易高反的体质，于是便从 318 线改去云南，从未有过的长时间跋涉……我双手合十，愿一路平安！"我们在卓克基土司古寨前下榻驿站，留影于山寨前，一切平安。因女儿在炉霍高反，我们转道康定，走泸定桥，游泸沽湖，穿崇山峻岭至丽江古镇，去最后的地平线香格里拉，观虎跳峡两虎仔雄姿，与大理擦肩而过。最有趣的是夜游藏家吃藏餐，最有意义的是香格里拉仔结识了另一虎仔，最震撼的是《丽江千古情》大型实景剧。（ $5\frac{8}{12}$ 岁）

◆ **青城天下幽。** 2016 年 11 月，与妈妈和幼儿园伙伴一起登临青城山。拾级而上，银杏叶黄，呼朋引伴，争先恐后，山野趣玩。（ $5\frac{11}{12}$ 岁）

◆ **光雾山红遍。** 2016 年 11 月，香炉山上云蒸霞蔚，十八月潭水绕石转，仔若蝶飞行红叶间。从一抹红到数枝焰，自一川赤到遍山燃，万山红叶阅遍，唯家乡光雾山红叶可称"爷"。置身光雾山，视觉盛宴的震撼难掩携仔迟来的愧疚，心曰：光雾山，诺水河，你们养育了我，我却欠你们太多太多！（ $5\frac{11}{12}$ 岁）

◆ **再会彩云之南。**2017年春节，约上仔干爹一家再度赴彩云之南，仔在温暖阳光里在妈妈温暖怀抱里熟睡，经攀西过大理一路追逐阳光至腾冲，已近除夕夜。吃货仔食蚂蚱、竹虫和小黄鱼，与灵妹妹大盈江畔装酷，和顺古镇体验崇文重教传统，吃景颇手抓饭后在院中小憩，除夕夜烟花中的惊叫，吃酸酸辣辣傣家菜，坐来来回回荡出国界的秋千，行走在中缅边境畹町桥。一路沐浴着温暖的阳光，岁月如此静好，人间如此安详！（$6\frac{1}{12}$岁）

◆ **烟雨柳江。**2017年4月，古榕树下，烟雨柳江，独立桥上，母子齐"飞"。古镇傍晚，古道旧车，仔拉母前行，记忆犹新。（$6\frac{4}{12}$岁）

◆ **怒海明沙。**2017年6月，携仔和仔妈飞赴秦皇岛，带仔出海，走海上浮桥，在怒海中平步；在明沙丽阳中，或奔跑追逐，或隐身沙中……辗转长城，补登长城作好汉。这期间，仔在京复查，发现鼻腔异样。我们的天空再次晴转阴。

◆ **山水贵州。**2017年8月，见朋友圈文字：

山水美，人情味。这些年挈妻携子、呼朋唤友自驾出游，以为无限风光在于险远，一开始计划出行总是搞得宏大遥远，往往忽略近在咫尺的美好，之于多彩贵州便是如此。

山水美——这一次自丹霞地貌的赤水到喀斯特地貌的织金，途经像丹霞一样深红的革命圣地遵义，无论是贴瀑而过雾湿发肤的赤水瀑布，还是穿城而过的遵义内城河；无论是明泉暗流的织金洞景区溪流，还是让无数人神往而相见后又略带伤感的黄果树瀑布；无论是桥下汹涌的长江乌江，还是山崖垂下的一缕或一匹白练，用水的不同形态把这次旅途串联起来，用水鸣的不同乐音起伏伴奏而行，不亦快哉！凉爽又是一大主题，无论是宿于修竹万顷碧波的丹霞溪谷，还是野游于截溪成池的天然泳池；无论是临瀑张臂让水雾濡湿发肤，还是撑一橡胶筏漂流于大同溪中任意东西跌宕起伏；无论是月明之夜呼走在大石盘苗寨沐浴山之夜风，还是穿织金洞数千米赏大自然鬼斧神工浸身山腹中冬暖夏凉；无论是行走江南水乡风情的屯堡古镇呷驿茶观地戏，还是登临突兀如柱之天台山看远山如海残阳如血，回复友曰：贵州凉爽之爽，源于满山苍翠的植被，也源于淳朴善良的民风，让一路畅行不堵心。

人情味——一方山水养一方人！多彩贵州秉持西南灵山秀水之气，养成热情好客、纯朴善良的性格。不仅对帮扶过自己的数省十市游客半价门票邀约回馈之，更是把入户观景免票的年龄规定在 14 岁以下，中小学生和老年人都不收费，显示出贵州人的大度好客，而且到每个景区，无论是黄果树瀑布景区的司机，还是织金洞景点的驻点讲解人员，或者是夜宿宾馆的工作人员，都是知无不言言之诚信的向导。无论是在宾馆吃全竹宴吃苗族餐，还是品路边特色的柴火鸡、豆干火锅、湄潭刨猪汤，味道鲜美，分量充足，价廉物美，童叟无欺；无论是遵义城内河边傍晚行走的时尚人流，还是天龙屯堡景区门口的商户，都共同维护着纯朴善良的好风气；更有感于天龙古镇的民风教化的宣传标语，我相信这只是贵州政府引导民之向善的缩影。贵州人自上而下的人情味，是一篇通向光明未来的大文章，偏偏很多地方很多人不屑去做，不能去做实。我为贵州在这方面的切实思行击节叫好！

暂别贵州，我为贵州兄弟点赞！

◆ **宝岛台湾。**2018 年 2 月，台北 101 大厦的高，与诚品书店的厚，共同构建台北的时尚与厚重。时光流逝轮回，去岁除夕在彩云之南，今年大年在淡水之滨，一样的阳光明媚，不一样的境遇心情。淡水渔人码头的夕阳，染红了整个大海，夕阳下一家三口吃着码头快餐，只要在一起就是全部的幸福。比太平洋海水更深的是人的情谊，比太平洋海域更广的是你的飞翔，白沙湾边的弄潮儿，我的仔！（$7\frac{2}{12}$ 岁）

◆ **三入彩云之南。**2019 年 8 月，朋友圈文字："经历了多少岁月，我们渐渐看懂了，也渐渐看淡了，但我们依然珍惜岁月、热爱生活；走过了多少山水，我们渐渐丰富了，也渐渐简单了，但我们依然亲近山水、敬畏自然。曾几何时为生计应酬为求学成长，我们一家四口总为共同的目标奔走在五湖四海，难得几天朝夕相处围桌而餐；曾几何时因时空变迁因各自奔忙，我们几家朋友为各家的生意兴隆行走巴山蜀水，推迟数次儿童相见欢、姐妹秀一盘、兄弟喝两盅……"

如此这般遗憾，唯有结伴而行。八百公里川滇一线牵，朝发夕至，晨浴蜀辉，夕享滇食。滇池畔傣家竹楼手抓饭一桌原生态荤素齐全，三家十一口男女老少围坐而餐，以手为筷，各取所需，大快朵颐。紫米酒二十公两，川渝人三个猛男推杯换盏，咂摸间驾车的疲惫烟消云散，平时的烦扰抛诸脑后。自美食始，抚仙湖畔凉夜放歌，石林丛中沧海桑田，普者黑荡舟戏水，留一河笑声，绽满池荷花。（$8\frac{8}{12}$ 岁）

◆ **大漠侠客。**2019 年国庆，大漠黄沙，人车如织，西域驼队，沙漠之舟。最爱兰州牛肉面条，最喜沙海任意驰骋，快乐时光飞逝，美好记忆封存。（$8\frac{10}{12}$ 岁）

◆ **谒孔孟登泰山。**2020 年 4 月，拜谒孔孟故里，寻君子之道；登临泰山观日。一个源自内心深处的声音：不只要此时此刻，要就要今生今世。我们和仔都决定赴京开颅一博！（$9\frac{4}{12}$ 岁）

◆ **大海之子。**2020 年 9 月，鹏鹏哥哥从北京赴鲁，仔与妈妈同去青岛扬帆，与海浪相戏。我借图发朋友圈：大海的儿子，我的儿子。（$9\frac{9}{12}$ 岁）

◆ **西岭雪峨眉汤。**2021 年 2 月，重回西岭雪山，上日月坪，望千年积雪不化，至滑雪场，感体弱滑飞不逮。再临峨眉温泉源头，峨眉山月光中沐浴氡温汤，肉嘟嘟的仔力气不如从前。（$10\frac{2}{12}$ 岁）

山海依然在，几度易春秋。音容山海隔，思念两茫茫。

而今人在旅途，就当是为仔走未走过的路，为仔看未看过的风景，但愿仔在平行世界里能感受得到。

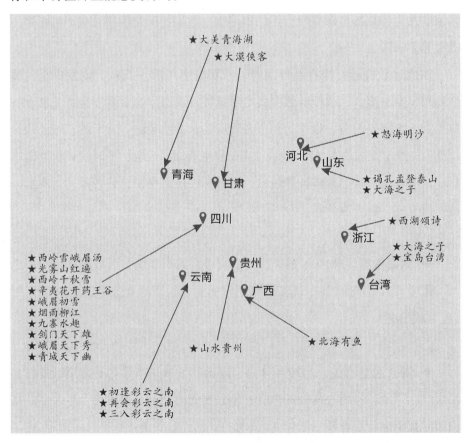

西湖诵诗

北海有鱼

峨眉初雪

辛夷花开药王谷

九寨水趣

大美青海湖

剑门天下雄

西岭千秋雪

峨眉天下秀

初逢彩云之南

青城天下幽

怒海明沙

再会彩云之南

烟雨柳江

山水贵州

光雾山红叶

在宝岛台湾

三人彩云之南

大漠侠客

谒孔孟登泰山

大海之子

西岭雪峨眉汤

2 孩子，我们为什么要旅游

见 2018 年 8 月云南游途中朋友圈文字——

我本来是要写一篇"抚仙湖须'慢游'"的文字，但我突然意识到回答孩子为什么要旅游这样一种文化命题，对同行的女儿儿子更为迫切与紧要。

◆ **其一，读万卷书，行万里路。**是的，你们在作业与补习中度过了 7 月的假期，那是学校生活的延续，是名副其实的"读万卷书"的时光，是为你们的成长吸收知识的养料，从书本上知天文习地理。"纸上得来终觉浅，绝知此事要躬行"。这就要"行万里路"，饱览大好河流山川，品尝各种美味佳肴，这是为饱眼福口福，唤醒对大自然美的热爱，对大自然馈赠的悦纳；体验当地风俗人情，了解当地历史地理，这是为读无字书，从画卷中看到书卷。如云南是多民族聚居省，民族村不仅有歌舞，更有各民族的风俗文化；云南是高原，不仅有洱海、滇池、抚仙湖，更有这么多堰塞湖背后的沧海桑田……但我们的行走还算不上真正的"读万卷书，行万里路"，更不是真正意义上的"躬行"。如坐着汽车而不是徒步行走劳动筋骨，每到一处风景名胜仅限于行色匆匆，而不是提前了解景区人文、到了仔细探其究竟、离开后图文以记之，每每桌上美味脚下路线都是随波逐流而非自己规划，眼中画卷与书本所学没有勾连……如此种种，我们的"读万卷书，行万里路"已经不再名副其实了。

◆ 其二，灵魂与身体，总有一个在路上。旅游是为了我们在别处遇见更好的自己。是的，你们一直走在成长的路上，身体在长高，灵魂更需要升华，不要让我们灵魂的升华滞后于我们身体的成长，要让它们同时行走在路上。平时我们过着一日三餐三点一线的程序化生活，现在只有从习惯的节奏与场景中走出来，走到异地他乡，遇见陌生的人，面对突发的事，我们才能发现更好的自己。是的，把自己的身影留在大美景色中，让更好的自己定格成日后的美好回忆，这是发现更好的自己。更重要的是无限风光多在险远之处，志不坚者不能达，所以旅途劳顿不能有半点埋怨；同行的人诉求与性格不同，心不宽容不能同行，所以要宽以待人不可我行我素；当地的风俗习惯有异，要察民情不可犯忌，所以入乡随俗不可滋生事端……如果你们对眼前无限风光无动于衷，对同行的人漠不关心，对脚下的路不知艰辛，对桌上的味不识甘苦，那你们很难在旅途中发现更好的自己。

◆ 其三，人生就是一场旅行，也是一场修行。有些旅途有亲人相伴，有些旅程必须你们自己去走，父母代替不了你们的成长。要信任同行的朋友，要走得稳、走得远，去寻找属于你们自己的诗和远方。我们现在的旅行是人生路程的一段缩影，未来的路充满那么多不确定，父母希望你们在这不长的一段同行中看到你们未来的行走，走在阳光里，走在洒脱中……

No.6

▼ 疾病是预谋

美国肿瘤学家悉达多·穆克吉说：

"作为一名肿瘤学家，你对一个人的生命产生的影响是惊人的。

你出现在一个人生命中最动荡、最恐惧的时候，

而在那个时候有能力帮助他将是一次很强烈的体验。"

有预谋的仅仅是疾病吗？

悉达多·穆克吉还说：

"照顾癌症患者是一项巨大的特权，但是，

你要动用你工具箱中配置的一切法宝，

包括情绪上的、心理上的、科学上的、流行病上的。"

患者和家属除了需要科学医护，

还需要有温度的人文关怀，医院和医生能给得了这些吗？

1 "我要看得见……"

2017年6月6日，我和小梅陪仔从北戴河看海、到八达岭登长城，预订了晚上8点飞成都的机票。我们以为一切如意，可是空军总医院pet-ct报告显示，仔鼻腔疑似肿瘤复发。一种不祥的预感扑面而来。

我立即取消返程机票，即刻按报告"结合临床"的指引找到武警总医院当年手术大夫杨主任，他肯定地说："不可能复发，一定是炎性病变！"

我旋即又找到核磁共振科穆大夫，他否定炎变的判断并肯定是复发。

我再找到北京军区医院王大夫，他不能决，说他在宣威医院的导师张教授是五官颅脑外科结合方面专家，应听听他的意见。

在科室坐门诊的张教授童颜鹤发，胸有成竹地说："我倾向是炎变！"

"可是MRI专家说影像学不支持这个结论！"我怯怯地告诉张教授。

"当然最可靠的是手术取出来病检，但坏的好不了，好的坏不了，三个月后再来复查吧！"张教授的话成了最后意见。

仔正准备着幼儿园的结业会演，我和小梅想让他顺利完整地过完幼儿园生活，然后上小学，所以决定国庆假期再来复查。

8月底，仔顺利地入读天府四小。

录朋友圈文：8月28日，注定是一个值得记住的日子，仔今天上小学了。我问仔："在学校，除了读书还要什么？"仔答："读书和快乐！"是深以为然：快乐读书，快乐行走，亲近自然，享受亲情！

当仔小学生活刚刚拉开序幕时，就在9月11日晚上，接到小梅电话，说："快回家吧，儿子说书只是一张白纸，他认不清上面的字！"

我意识到大事不妙，肯定是仔的肿瘤生长压迫到左眼视神经。仔的小学生活刚开始6天，他便再次踏上抗癌复发的道路。可恶的横纹肌肉瘤，这次已生长到仔的筛窦、蝶窦。

又是焦虑地奔走在京城各大医院，寻求最佳的治疗方案。上轮化疗大夫"王爸"已转业回地方医院，刘主任已退休，武总儿科物是人非。

栋哥给武总五官科王大夫约好见我们。我和小梅赶紧带仔奔过去，在医生办公室，王大夫认真地看了仔的核磁片，良久转过头来和我沟通："还有手术指征，只是手术风险极大，术中可能伤及左眼视神经，孩子的左眼视力保不住！"

"他右眼上次手术放疗已没了视力，这样他就……"我忽然发现仔不知什么时候溜进来了，他听到我们的谈话已面露不悦。我赶紧叫小梅进来带仔出去，我继续和王大夫谈手术的事。

半小时后我告别王大夫，走出五官科的大门，看到仔伏在妈妈肩头，还在失声痛哭。

"怎么啦？"我焦急地问。

"他不同意手术，他不要双目失明，他要看得见！"小梅一边说一边流泪。

我一把抱起仔，仔央求我："爸爸，我不要手术，其他怎么化疗我都可以，我要看得见！王叔叔真坏，他又不是我，他为什么要我双眼都看不见！"

"好的，爸爸依你！"我抱着哭成泪人的仔离开了武总，回到了万寿路宾馆。

万寿路上白杨成行，喜鹊在枝头啼叫跳跃，汽车在街上如水流淌。金色的阳光照不暖我们凄凉的内心，一切幸福和热闹都是他们的，我们早已不知身在何处岁在何时。

"仔，爸爸带你去看现场足球赛，好吗？"这天晚上有一场北京国安和上海上港的中超，我在网上订了三张票。我不想一家三口待在宾馆狭小的房间，让时光不知所措。

"好呀，爸爸！"我早先许诺仔去现场看中超，今晚终于如愿。

到了工体，我们给仔买了一套国安绿的球衣，还买了只喇叭，仔完全打扮成资格的国安球迷。此时上港有巴西三叉戟：埃尔克森、胡尔克、奥斯卡。国安不遑多让，球迷更是让工体座无虚席。

仔看不见球员，我干着急给他说着比赛场上情况，但工体山呼海啸般的球迷浪潮让仔很快进入状态。球迷坐不住，我只好抱起仔，给他解说"水牛"胡尔克进球了。仔跟着球迷跳跃呼喊，口水溅了我一脸。

我只顾着让仔高兴，但仔的视力让他看不清场上球员，我心戚戚焉。我不能扫了仔的兴，当上了他的现场解说员，让仔尽情欢呼着。

终场哨响，上港1：0国安，"水牛"胡尔克锁定胜局。

国安失利了，球迷有些愤愤然。散场后工体四周成了人的海洋。坐不上出租，我们决定带仔去赶地铁回宾馆。

"爸爸牵左手，妈妈牵右手！"仔把左手伸给我，把右手伸给妈妈。我们抓住仔肉肉的温暖有力的小手，随着人潮涌向地铁口。

仔有意地闭上双眼，一路都未睁开，直到地铁口。想想仔是在体会万一他真的双目失明，他的世界是怎样一片光景。仔没有告诉我们，只自己默默尝试着。

是的，仔要看得见妈妈，看得见爸爸，看得见姐姐，看得见场上奔跑的球员，看得见脚下的路，看得见阳光，看得见书页上的文字图案……看得见一切美好的事物。

现实是，肿瘤压迫到仔的视神经，他看不见书上的字，也看不清场上奔跑的足球运动员……世间一切美好都会在仔的眼睛里渐次消失！

2 数字医院奇遇

又走了几家医院。治疗陷入了一团迷雾，往前不知如何抉择。

6 月就去过在国内综合实力靠前的数字医院（因为这家医院名字在人们口中全是数字，我这里借用"数字"代指这家医院），那次五官科专家是位慈祥的女医师，给了我们求医问药路上少有的母亲般的温暖，不仅是语气态度还是治疗建议。这次也一样给我们建议：最好放射治疗。然后她在处方上写了 W 医生的名字，让我持这个纸条去找放疗科 W 医生。

一切如愿，W 医生 50 岁左右，态度不冷不热，看了仔的资料，煞有介事地说："这孩子长得眉宇开阔，聪明！那我就来拯救他！"开了核磁共振检查单，说是定位用，让我们去预约。

核磁共振检查在地下一层，我们在预约窗口登了记，说下午晚些可以做。排队到仔了，检查医生说小孩在本院做不了加强核磁。我们悻悻地再预约 W 医生的门诊号，一天后让 W 医生重开检查单，我问："这样能不能满足放射治疗定位的要求呢？"

"先做来看看吧！"W 医生说，顺手把改后的检查单递给我。

临走时又叫住我，说仔需要做个基因检测，机构他联系好了，便吩咐助理叫门口一美女进来，说一会儿这美女会告诉我们怎么做，还说："这么聪明的宝贝，是该搏一搏！"

这位女士满脸笑容可掬，说这个基因检测是目前国际领先的临床抗癌治疗手段，某某病友因基因配对成功已痊愈，说不定我们仔也成功了。既是 W 医生的好意，我们这些家属又怎么不感恩戴德呢，于是按美女的意思回武总病理科借组织切片，然后签约付费。

去武总路上，美女还一个劲说："你们这些做父母的也实在不容易，我就为你们申请 VIP 通道，费用也优惠，按最优惠七万八收。你们为孩子操心操劳，我实在是敬佩你们！"说得我和小梅心里都有点感动了。

谢天谢地，武总病理科主任还在岗位上，她一点为难我们的意思也没有，为我们查了病人档案，作了组织切片。在病理科里美女话不多，还是小梅主动介绍她是基因检测机构导医，主任若有所思。出了病理科主任又叫回我和小梅，见那位美女走远，语重心长地告诉我们："你们孩子是头颈部的实体瘤，还是先走常规手术放化疗为好，基因检测意义不大，差不多是白花钱。"我和小梅赶紧真诚地给主任道谢。

我们回数字医院作了核磁检查，取了片再次咨询 W 医生。W 医生拿了片左看看，右看看，说确实不能用，还是要做加强扫描，问我们："怎么办？"

我们能知道怎么办吗？亲爱的医师，您可是我们孩子的救护神，您可是这家医院副主任医师，您不知道怎么办难道我们这些寻医问药的患者家属还能知道？笑话！

我建议回武总核磁科去做，我自己去找医师按 W 医生要求加强扫描，把核磁片借来用，W 医生以为这样行。

时间已经过去 5 天了，我们在北京无路可走，还停留在核磁检查上。回到宾馆，仔的视力进一步下降，玩玩具看电视都费力。傍晚一家人从万寿路拐入玉渊潭南路，车行道上，人走道旁，我们仨在暮色中散步，已被这个世界遗忘。

好说歹说，武总才按 W 医生的技术参数要求做了核磁，我赶紧取了核磁片，转身往数字医院赶。

迎面碰到武总化疗期间认识的孙医生，她刚从国外学习归来，问我匆匆忙忙为啥。我告诉孙大夫，仔复发了，前段时间找他们都不在。孙大夫问了病情，看了核磁片，说："孩子情况现在还不宜放疗，因为瘤体散布在鼻腔，还是应先化疗，瘤体变局限了再放，这样效果更好。"

我带着孙大夫的意见赶回数字医院，W 医生在放射治疗科等我，一见我就问："基因检测不做了？"

"W 医生您好，我在武总碰上前次化疗大夫了，她建议先化后放，您以为呢？"

W 医生有点不悦，既而有点不屑，轻描淡写地说："啊，你们还没化呀，那就先化吧！"

"那您还看武总的核磁报告吗？"我有些不解地问。

"不用了，你们赶紧先去化疗吧！"说完 W 医生转头和其他病人家属谈话去了。

我这么辛苦奔走完成的核磁检查，W 医生看都没看一眼，我先怔住了，再是出奇的愤怒，进而心里生出无限的悲凉。我们把孩子的生死性命交给您，怎么可以如此轻慢，如此不负责任！我只愿这是我们唯一的奇遇，不是求医问药路上司空见惯的遭遇。现实又如何呢？

3 宝岛质子刀

仔"故地重游"回到武总化疗，我们内心虽然忐忑不安，但总算找到出路，还是得到些许安慰。

一到武总，先想起上次回来复查。从杭州辗转到京，车从复兴路右转入永定路，小梅握我的手瘫软无力。仔从车上下来，脸色突然有些沉，走到儿科门口，仔痛苦的记忆复苏了，突然失声痛哭，挣脱妈妈的手就往外跑。

下午两点的武总门诊大厅人潮涌动，我追到门诊大厅，蹲下来抱住声嘶力竭号啕大哭的仔，禁不住泪流满面。周围人来人往，闪过的一定是不解的眼神。

是的，化疗的痛苦记忆必定涌上仔的心头，让他在武总儿科的门前望而却步。如今又要"从头越"，重新走上痛苦的化学药物治疗路程。

刘主任退而未休，仔细研究了仔以前的化疗方案。这一次用药虽胃肠道反应强烈，但效果出奇的好，一周后仔左眼的视力恢复了，我们又一次活在无限的希望之中。

这希望是如此短暂。两个疗程后一调整方案，第三疗程后仔的视力急剧下降，一复查，肿瘤组织比原来还大。

我们又一次陷入无限的绝望中。

这一次，武总的医生也很绝望，明确告诉我们：仅化疗对仔治疗的效果不好，需用手术和放疗综合手段。

我们都放弃了选择手术，那就剩下放疗唯一的路了。这时偶遇广东来京的甫甫妈，甫甫也是眼眶横纹肌肉瘤，我们一直保持着网络联系，这次在北京终于见上面了。甫甫妈建议：既然要放，那就结伴去台湾作质子放疗，这样能保住仔的左眼视力。就这样，我们被甫甫妈拖进"台湾长庚医院质子治疗咨询"群，成了 Winson（文森助理）的群成员，开始在 Winson 的指点下办理入台治疗的相关手续：往来台湾通行证，入台许可证，律师见证书（证明我儿是我儿）……

2018 年 2 月，仔和妈妈终于登上飞往台湾的飞机，经停香港，赴长庚定位和制模。两周后我们一家三口再经福建厦门跨越台湾海峡，飞机在海上和云上飞行，一小时后我们降落在桃园机场，开起了仔在台湾林口长庚医院的质子放疗之旅。

仔的治疗时间安排在晚上 8 点至 9 点。我们在质子中心邂逅了不少从大陆赴台质子放疗的病友，自山东、广东、陕西、湖北……我更想谈谈在林口长庚医院不一样的感受。

先从长庚纪念医院源头说起吧。长庚医院是台塑企业创办人王永庆为纪念其父王长庚创办。

1961 年 8 月 8 日，王长庚先生突发肠套叠，当时，台湾医疗和王永庆先生一样尚不发达，1000 多万人口 3000 张病床，王永庆没能力为父亲找到床位，只得无奈地在走廊搭病床，眼看父亲在疼痛中得不到及时有效的医治，挣扎数日后不治身亡。丧父之痛让王永庆立志在事业有成后建一流医院，为黎民百姓庇佑康健，让其父悲剧不再重演。可以说让长庚纪念医院自诞生之初起，就有为普罗大众救死扶伤的基因。

我问儿童肿痛专家曾振淦教授："我们按您的方法施治，要多少费用？"

曾教授告诉我："在长庚，我只管治疗方案和效果，收费的事是财务部门管。我们医师都是医院的合伙人，医院的利润关乎我们每一个人，我们只管看护好病人，收入不是我们关心的！"

以后每周三 19 点至 19 点 30 分，曾教授会在"质子治疗咨询群"里公共为患者答难解疑，闻其声如见其人：儒雅，爱孩子，敬业，富有爱心……

仔在质子中心等待治疗时，玩具区成了仔向往的去处。轮到仔治疗时，仔戴上面具和护罩，穿上长庚病员服，仔像宇航员一样被推进厚重的仪器，40 多分钟的治疗允许亲人陪同，以免孩子感到孤独无助。治疗结束了，我提议和放疗汪医师一起合个影，纪念仔的勇敢和医师的辛苦。一头长发的汪医师颇有几分艺术范儿，蹲下来抱着仔，一起比个"V"字形剪刀手。医生心中有病人，可见一斑，回成都后还收到问候："久违了，愿弟弟身体康健！"

治疗间隙，我们乘车去了郊外的长庚大学，这所大学以成为东方的哈佛大学为目标，创设时以医学院为主，为长庚医院提供教学、研究学术支持，也源源不断地为长庚医院输送医护人才。

我在此录长庚纪念医院的企业文化，以飨读者——

办院宗旨：不以营利为目的，从事医疗事业，促进社会公益福利。

任务：服务、教学、研究。

目标：追求卓越，要做就做最好的，以落实全民化、优质化医疗，成为世界一流的健康照护体系。

理念：取之社会，用之社会

人本济世，病患优先

勤劳朴实，深耕申根

愿景：成为人文、科技、团队、学习及资讯的长庚。

林口长庚医院是医院，也是公园。

长庚湖畔，我们和仔或环湖徜徉，看湖中龟走石上；或席地而坐，让暖暖的阳光照在身上、照进心里……

4 津门重生

2018 年 4 月，仔结束了在台湾的质子放疗。

我已提前回成都，重新回到我的新创教育研究院。

自从 2017 年 9 月仔病情复发，我的工作几乎处于停滞状态，那时研究院刚开业半年，一切都才处于起步阶段。作为这里的主人，我抛下研究院，实属万般无奈。仔是我肉体生命的延续和希望，研究院是我精神生命的承载和彰显，我一样都放心不下。但仔的生命健康刻不容缓，不可复制；研究院的发展按下暂停键，即使失败了，我还可以从头再来。

生命之重，重于一切！

我和小梅商量着仔接下来的治疗之路。小梅坚持还要巩固化疗。

看着活蹦如初的仔，小梅生怕一不小心失去了爱他的机会。我起初是犹豫，因为我不想仔再经历化疗的痛苦，但想仔现在好好的，苟且偷安的幸福，于我也是那么弥足珍贵。

我们还是登上了飞往天津的客机。

在天津市肿瘤医院儿科病房的楼道，儒雅的王景福博士很生气，怒视着我说："放是肯定的，你为什么这么早去放，瘤体那么大，你就贸然用掉这宝贵的放疗机会！"

"北京的大夫说别无他法，让我们尽快联系放疗！"我无奈地说。

"这并不代表我没有办法呀！那么多一线的药还不曾尝试，你为什么得出化疗无效的结论？你当初来找我我又没拒绝你！"王主任（时任科室副主任）越说越气，最后丢下一句："我的孩子眼眶横纹肌肉瘤预后都很好，你这样会害了孩子！"

天啦，我当初以为于仔是救命稻草的质子放疗，最后竟然因为应用时机不当，成为亲手害了仔的决定？这竟然发生在我这个学过医的亲爸爸身上？

我把自己全部身体重重地靠在医院楼道的墙上，半晌说不出一句话来。

王主任是我心悦诚服的精诚大医，一路走来少有的非常敬重的大医之一。

他把治疗过的患儿称"我的孩子"，他是真心爱这个职业爱这些孩子的生命。他对我的恨是因爱生恨，因为爱仔一类的孩子，恨我们这些自以为是自作主张的父母。

这便有了王主任评价我和小梅的那句经典语录："你两口子的主意真大！"

仔总是仿着王伯伯的语气说我和妈妈："你两口子的主意真大！"

王主任说他不接手仔的治疗，因为质子放疗后化疗效果无从评估。我也更坚定："主任，我既然来了，就没有打算无功而返，我们需要您的帮助！"

王主任无可奈何，轻声道："那我们都要放低要求往前走！"

王主任的医者仁心深深地感动了我，我一点儿也看不出在他身上有天津卫码头文化的半点气息，反而是：留学日本的王主任有瘦瘦高高的体型、轻声细语的言谈举止，尤其精益求精的专业精神让我敬佩。他把每个就医的孩子的化疗方案用牛皮本作了记录，要求家长记住"第几本"，这便于查找。

因为肿瘤是一种慢性疾病，需要长期用药。这个长期性里包含了系统用药，王主任的就医档案彰显了肿瘤治疗的长期性、系统性，也隐含了他对接诊孩子自始至终负责任的观照。

后来他去了"山肿"（山东省肿瘤医院），他的记录本整齐地摆在就医桌上，编号的纸条显示二十几本了。我常常以为这是一位大医道德的厚度，以及一位大医人生价值的高度，而并非一摞笔记本！

仔在天津化疗近 4 个月，共 6 个疗程。那时我们仍沉浸在从苦海上岸劫后余生的惊喜之中。因为仔最后的 MRI 检查显示：无异常。但我们心里一样不踏实，因为复发是横纹的大敌，仔首次治疗近四年还是复发了。这个复发已冲溃了我们的心理防线，让我们再也没有以前的自信。

横纹肌肉瘤，是仔生命中一场险恶的预谋，真实地在仔的眼眶鼻腔肆虐着。

我们对付它仅仅使用了化疗，质子放疗，没有选择更为彻底的手术治疗。

我想起上海瑞金医院院长朱正纲从 2015 年开始对肿瘤患者的治疗就四处"拦刀"："就是先把大山（肿瘤主体）搬掉，再用化疗放疗把周围的小土块清理掉……其实开刀不但没用，还会起反作用！"真是这样的吗？至少我们没有给仔选择风险极大的手术，满足仔的要求——我要看得见！

8 月 19 日是仔离开天津市肿瘤医院准备回成都的日子，我晚饭后去了医院，是为了跟王主任道谢告别。

那一天王主任值夜班，我们聊到儿童肿瘤防治话题，聊到全国儿童患肿瘤者日益增多，儿童肿瘤防治研究经费投入以及人才培养如此捉襟见肘。我问仔回去后他的建议。

"你就把他当个正常孩子看，该上学上学，该玩乐玩乐！"

"需要用中药巩固吗？"

"这有意义吗？"

"复发了怎么办？"

"复发了又能怎么样？再治嘛！每个人的未来都是余生，谁又能说清自己的生命长度。说不定哪天你得到我离去了的消息，因为累死了！"

我能感受到这质朴的语言中最为真切的道理！这是最真切的终极人文关怀！

我给主任深深一鞠躬。

我们共同的敌人：疾病，是人类健康的杀手。

科学医护和人文关怀是疾病不得逞之钥，我们应用了吗？

No.7

▼ 和美之子

"天府悠悠，石笋朗朗，和风习习乐未央。

滴水穿石织梦想，雨后春笋共春光。

根深叶茂育栋梁，和美之子正启航。

身健美，人和美，品正学博创新美。

和而不同，各美其美。"

这是天府四小的校歌歌词，

也充分体现了天府四小的办学理念。

仔在天府四小短暂而精彩的小学生活，

也完全回答了"和而不同，各美其美"的具体内涵。

1 我的小学从二年级开始

仔终于成为天府新区第四小学（石笋街小学天府校区）一年级二班的正式一员。

我们正沉浸在仔做新生的喜悦之中时，疾病猝不及防再度来袭。

全新的教室，全新的老师，全新的同学，全新的书包，全新的课本……这一切新鲜感让仔开启崭新的校园生活。

天幕刚刚打开，精彩即将到来，可是仔却不得不从这里走向病房，宛如已经展翅的小鸟受到挫伤。折翼的原因，来自于自己的身体！

◆ **病隙不懈**。别的孩子是带着各式各样的玩具来到了北京武总的病房住院治疗，仔却是背着崭新的书包来的。

小小的儿科病床，在两侧床沿间支起一块活动的木板，本来是用来吃饭的。仔却把这块木板当成课桌，伏在上面写语文黄老师、数学周老师从学校寄来的练习本，和妈妈一起学习课本上的内容，或推演数学公式，或摘抄课本美文。

仔的胸前是中心静脉港，红药水、白蛋白、紫杉醇顺着深褐色的化疗输液管一滴、一滴，注入仔的身体。

化疗的副作用让仔掉光了头发眉毛，伊利替康的胃肠反应让仔痛得额头滚动着汗珠，或是止不住呕吐得翻江倒海……一边却是仔坐在病床上，稍许好转就继续读书写字。

仔不愿落下学习进度，他用自己的学习方式完成着学业。我偷偷拍下仔一边输液一边专注写作业的照片，发给上初中的姐姐思源，并留言："你静静地看3分钟，看看病床上读书写字的弟弟！"

凝视这张照片，我总是会热泪盈眶。

是不甘？

是感动？

是幸福？

是酸楚？

我总是想：仔在病中还如此渴求上学，如此坚持学习，我们健康着坐在教室里是何等幸福快乐，又有什么理由不认真学习，虚掷光阴呢！

仔5天化疗后休息两周，我们都会乘机返回成都，因为仔还惦记他的老师同学，还惦记着回一年级二班教室上课。

2017年10月9日，我在朋友圈留言：今天，在这里！在这里，是天府新区四小校园，治病间隙归来的仔在操场参加升旗仪式；在这里，是课堂，和同学济济一堂听老师讲新知识；在这里，仔融入孩子群中无忧无虑地成长……仔享受着这断断续续的上学时光！

◆ **不做南郭先生。**仔完整意义的小学生活应该是从二年级开始的，那时我们从天津结疗归来，2018年8月18日我在朋友圈发言："北南千里一日还，喜忧人生一世缘。驰原穿岭只等闲，归来仍然一少年！"

我们一家四口从天津坐高铁从华北平原出发，经中原大地、关中平原穿秦岭飞归天府之国。仔结疗归来，宛若壮士得胜回朝，豪气干云，心驰神往！仔就像一只脱单的大雁，历经千险回归雁群，回到二·二班。

那张一年来在教室几乎空置等待主人的42号课桌终于有了仔天天陪

伴，那张白皙微笑的少年的脸像花一样，一瓣一瓣精彩绽放。

少年归来，并非一帆风顺、一路坦途。仔告诉妈妈，他在音乐课上不快乐，因为全班都在用尤克里里演奏校歌时，只有他一个人不会，老师说他是"南郭先生"。

原来这是一年级音乐课学习的内容，仔一节课也没参加，他自然成了音乐课堂的"南郭先生"了。

他不愿做"南郭先生"！我们联系上他的音乐老师 Red Water，给他说明仔的情况并私人请求他为仔单独辅导，Red Water 爽快地答应了。

仔有了自己的尤克里里，午间其他小朋友在校园追逐嬉戏时，仔独自在音乐教室学习弹奏尤克里里。晚上回家完成作业，把校歌贴在门楣上，陶醉在拨弄琴弦奏出的旋律里……

一周多午间学习晚间练习，仔很快能用尤克里里熟练演奏天府新区四小校歌了。在音乐教室里，仔和小伙伴一起演奏尤克里里，一起演唱着自己的校歌。

他，再也不是"南郭先生"了。

◆ 汉字之美。仔在老师眼里是学霸，在同学面前是学霸，到后来连他自己也自信自己是学霸了。我更欣慰的是仔享受着学有所获的快乐，因为周围人投给他的都是赏识的目光。

但学霸是如何炼成的？背后又有哪些不为人知的辛酸事呢？

仔一开始不光是音乐课上成了"南郭先生"，体育课上也成了作壁上观的看客。那次我陪他到校园上课（仔治病间隙回校上课，我和仔妈始终有一个人陪仔到学校照护他），我远远地看着体育课上快乐的仔被老师叫停了，又悻悻地回到我身边。

"怎么啦，仔？"我安慰地问道。

"老师问我为什么不会，我说我去了北京天津没上过这课，老师说去过那些地方没啥了不起！"仔有些丧气，他是个自尊心极强的孩子。

仔错过了一年级拼音和规范书写训练，加之他右眼没了视力，写一手漂亮的字对仔来说，是一个巨大的挑战，甚至笔顺笔画对仔来说也很难。

我和小梅商量，让仔补上规范美观书写这一课。

我们征得仔的同意报了软笔书法课。指导老师住学校对面，仔放学了先去那里上一小时书法课再回家做作业，这一段时间的晚饭几乎都是在门口吃"金牌卤肉面"。

仔没有怨言，一笔一画地学写软笔字，一"点"如桃，一"撇"如剑，一"捺"如刀，横平竖直，笔行中锋……我在小学初中临过颜筋柳骨，回家后在书房摆上文房四宝：笔墨纸砚，陪仔写上几页，老少书家交流交流，享受天伦之乐。

2　我的校园我做主

　　仔的学校由金牛区石笋街小学领办，秉承石笋街小学"和而不同，各美其美"的办学理念。陈刚校长也由石笋街小学派来，他在天府四小实践这一办学理念，充分尊重孩子的个性发展，把学校文化精神交给每一个师生，交给每一个班主任，让师生真正成为四小校园的主人，让四小文化从师生中来，让师生的校园生活闪烁着集体智慧之光。

　　◆　**露天书法吧。**"你的提案让校园更加美好！"这是四小学生发展中心发出的通知："校园提案征集活动开始啦！大家可以将自己关心的各类事物做成提案，内容可以针对校园文化建设、某个场所的设计、校园活动开展等，你的提案一旦被采纳，你的想法和愿景将在校园里变成现实哦！璞玉般的想法需雕琢，优质的提案方能动人！激发灵感，活跃思维，让我们的校园更加美好！"

　　此时仔所在班级已是三·二中队，仔想在开阔的校园平台建一个露天书法吧，摆上笔墨纸砚，课间同学们可以在这里即兴挥毫。通过班级和学校层层筛选，仔的提案获得最后陈述机会，并将代表中队做提案演讲。

　　仔和妈妈把演讲的内容做成PPT，仔在掌声中登台陈述他的提案："……书法是我国的传统文化，值得我们每个中国人发扬光大，写好方方正正中国字，做好堂堂正正中国人！"仔淡定地完成了提案内容的陈述，赢得满场师生热烈的掌声，最后投票胜出，提案成功通过师生评议。

露天书法吧提案人：刘轩辕。

◆ **藤飞湾的美。**三·二中队将班级美化场所命名为"藤飞湾"。一泓清浅的水，水中有游鱼，池上有藤，藤蔓间盛开各色鲜花……仔不仅参与了这个场所的营造，还以这处风景为题材创作了绘本《藤飞湾的美》——

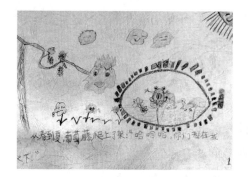

从春到夏,葡萄藤爬上了架:"哈哈哈,你们都在我
天下!"

和风中葡萄藤高高在上:"喂,闭嘴巴,小青蛙!"小
青蛙没理它,伸出舌头忙把害虫抓。

暖阳里,葡萄藤洋洋自得:"晨,笨蛋小野鸭!"小
鸭没理它,扑腾翅膀描绘世界之大。

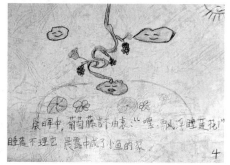

晨晖中,葡萄藤许不由衷:"嘿,懒汉睡莲花!"
睡莲不理它,晨露中成了小鱼的家。

夕阳里,葡萄藤口无遮拦:"黑,丑陋枯树桩!"
枯树桩不理它,静卧中也成了一幅水墨画。

"叮铃铃,叮铃铃!"下课了,藤飞湾来了一队
红领巾,大家七嘴八舌把藤飞湾的美来夸。

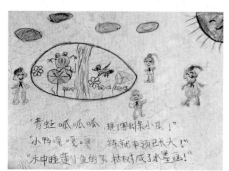

"青蛙呱呱呱,提了害虫养小花!"
"小鸭嘎嘎嘎,练就本领已长大!"
"水中睡莲小鱼的家,枯树桩成了水墨画!"

校园里传来了甜美的歌声:"天府悠悠……和雨不
同,各美其美。葡萄藤这才明白,喔!藤飞湾的美是
大伙儿拼成的,独美其美,哎,各美其美大家夸!

仔的绘本作为四小师生创作的礼品，赠给了来自远方的客人。

是的，学校校园文化不是人为打造出来的，而是每个孩子在校园生活中获得体会并从内心生长出来的。我们引导孩子去营造美、去展示美、去传播美，和而不同，各美其美，美美与共！

最终绽放的是儿童生命生长的美！由此反哺学校文化之美！

3 大名鼎鼎"大魔王"

仔从小习得的语言技能，让他在天府四小得到尽情展示的机会。

说是一个人口头表达的技能，写是一个人书面表达的技能，能说会写是一个人受益终生的技能。把能说会写运用到一定场景里表达是升级技能。

仔留给天府四小两场精彩的表演，把美好的身影永远留在天府四小的校园里，留在老师同学的内心深处。

◆ **"把最难的给我。"** 仔在三年级时被选拔出来演心理剧《最是无声爱相随》。

摘自仔的"每日心语"："因为我们这次活动主题是心理健康，社会和谐。我行动，所以让我更加了解心理健康，让我知道了心理健康的重要性！"

"怎么还是背不到啊！今天一早我来到学校，就开始不停地背我的稿子，因为今天中午我就要录音啦！我只能勉强地背出来，有些时候还容易脑子里一片空白，我非常担心今天的录音。

"但是，李老师说可以拿着稿子读，我悬在嗓子眼的心终于落下。

"可李老师说不能出错，我的心又提到了嗓子眼儿。结果还是顺利，我的一个长段子没录好，没事，明天中午早点儿去就是了，没关系的。我觉得

自己只要放轻松，任何事情都能做好！"（摘自仔"每日心语"9月11日）

仔说的那个长段子，已试过多位小演员，都不完美，李老师决定把这段交给仔。现录如下——

（起立、独白）：我的小主人啊，我想说说我的心里话。还记得初见你时，你胖乎乎的小手轻轻地拂过我的脸庞，稚嫩的脸上掩藏不住的喜悦，你温柔地在我的背上贴上你的名字，从此我们之间有了一层特别的羁绊，那时的我也是多么地快乐啊，一想到要陪伴你小学六年的，是我，我都忍不住地想笑出声。我绝不允许有谁说你的坏话，哪怕是我的桌子兄弟（指向2），为了你，我打算和他死磕到底！我们俩经常在你们放学后打架，虽然我也知道这样不对，但我想为你讨回公道！可是，我的小主人啊，我可能再也打不动了。你即将成为一名翩翩少年，你将拥有更宽广和光明的前程，然而我好像不能再陪你走了。可能你没有留意到，当你被老师批评，你踢打在我的腿上；当你和同学争吵，你拿我当撞击武器；当你委屈难受生闷气，你的拳头砸向我的脸庞，一次、两次、三次……我的零件松了，我的漆块掉了，我的腿骨折了，一次一次，我都疼在心里。我多么希望你能像最初一样温柔地对我，我多么希望我能陪你走得更远一些，我多么希望能改变这一切啊！

"啊！明天该有多紧张啊！因为明早就要录我们的心理剧啦！相信我胸有成竹，但我还是要认真排练。

"今天一回家，写完作业以后，我就开始给我的心理剧一个长段子加动作，又反复去背诵。其实都是一些小细节，还有一个最关键地方要掌握，要有情感。为什么呢？是因为我们这个剧讲的是爱惜桌子，而我是一张桌子，就应该表达对主人的情感。

"其实虽然说这是一个剧，但也反映出了现实生活中不为人注意的一些

行为，一些真实的行为。"（摘自仔"每日心语"9月14日）

"昨天的担心，是无用的。但是还是有些不流利，我有点儿对不起老师。

"今天大课间，我们表演心理剧的同学早早地来到了阶梯教室外，因为里面有声音，我们都没进去。半晌，李老师也来了，果然，里面有人，幸好没进去。

"我们只好又去了录播教室。我们先开始准备道具，因为道具是当场贴的，老师弄了30分钟都没有贴好，最后我和帮我们录像的马老师一起贴，一会儿就弄好了。团结的力量最好！

"录完以后我还回想起录前的紧张和录中的放松，是的，只要我们放松，难事也能变得简单。"（摘自仔"每日心语"9月17日）

"好多人啊！……到达现场以后，还有点儿紧张。过了一会儿，发现人没想象的多，也就放松了。到了该我们上场的时候，心又怦怦跳了起来。我们非常认真地演，所以得到热烈的掌声。"（摘自仔"每日心语"10月10日）

◆ 我是"大魔王"。三年一度的校园文化节，是四小的孩子展示才艺的时候。

这次仔出演的校园剧《穿越迪士尼》讲述的是"病毒大魔王"来到人间，被勇敢聪明人类打败的故事。

仔凭着惟妙惟肖的表演，把可恶的病毒大魔王演活了，无论是道具装束的怪诞，还是语言动作的到位。

自此，仔在四小成了"大魔王"，成了四小的名角。

台上一分钟，台下数天功。

仔坚持下来了，他把这台精彩的校园剧留给天府四小，留给可爱的同学。我向现任马睿校长征集到完整的视频，我在这里捧给每一位读者，一起去看仔精彩的表演。这是仔短暂人生里多么浓墨重彩的一笔！（视频在下页的微信号里）

4　我的未来我的梦

小学校是一个人梦想生根发芽的地方。这里是一方沃土，这里是一方天空。一群天真烂漫的孩子在这里启蒙，在这里成长，要成为未来世界的主人。

◆ 一操场有趣的课堂。天府四小的课程博览会是很招人喜欢的，学校把自己老师开发的兴趣课以及教育机构的特色课，在足球场展示给每位同学和家长，让同学们根据自己的兴趣特长选课。

仔最终选了黄老师也参与教学的创意写作课，其实仔内心更想去上足球兴趣班。仔回家路上一直在做我的工作，我牵着仔的手说服他，因为视力原因他不能剧烈运动，仔心心念念很是不舍。仔在创意写作课上表现得也很认真，这里摘录一篇仔的习作——

爱捕鸟的国王

夕阳西下，人间一片寂静。鸟儿也回巢了，树枝也不摇晃了。这是白天的最后时刻——黄昏。正在这时，在一座宫殿里，一位爱捕鸟的国王对他的帮手说："我现在发现明天天气不错，是个捕鸟的好日子，我真希望明天快快到来。"话还没有说完，天空中就出现一道闪着光芒的穿梭门！把拿着捕鸟工具的国王和他的帮手一起吸了进去！吸向了未来的明天。

当他们落地以后，发现自己站在一条小河边。河水叮咚地流着，可欢快啦！国王还没反应过来这是怎么回事，就被"滴滴"的声音惊呆了！他抬头一看，居然一只啄木鸟在为一棵大树治病，还背着医药箱呢！国王这才反应过来，刚才是仙人帮助我，让我到这个地方，让我完成这个心愿——捕鸟。所以就对他的帮手说："那儿有只啄木鸟，我们把它抓住吧。""好的，保证完成任务！"那伙计爽快地回答。因为啄木鸟听到有人来了，也马上飞走了。发现目标逃跑，国王和他的帮手一起抄近道去追，没过一会儿，他们就在森林尽头找到了那只啄木鸟，并三下五去二就抓住了它。正在这时，一朵不起眼的玫瑰花说："请不要伤害它，它曾经救过我朋友的一条命，求求你了，行吗？"国王不作声，玫瑰花就开始讲故事了。

在一个冬天的下午，我最好的朋友柏树因为全身被虫子咬得凹凸不平，就请啄木鸟医生为它看病……国王被这个小故事感动了，他把啄木鸟放了，还回到自己国家，用高音喇叭给民众讲了这个故事。最后国王不仅仅是一个受人尊敬的一国之王，还成了一个鸟类科学家呢！

◆ **长大后我想成为您！**我和小梅数学都算不上擅长，偏偏仔不仅语言表演表现出天赋过人，对数学的兴趣也特别浓厚。天府新区数学教研员池老师后来成为我的朋友，她很诧异我这个文字编辑居然养了一个数学思维超群的孩子，那时我很以自己是仔的爸爸而自豪呢。

我后来似乎明白了一些道理，亲其师，信其道。首先是仔喜欢他的语文数学老师，他的老师也用赞许的眼光赏识仔，语文数学老师也喜欢仔的活泼聪明，有了情感基础，健康的发展，顺理成章。可以说，仔在优生的道路上一直往前。得遇良师，一生幸事。

我们和仔谈起他未来的理想，他说他希望以后回天府四小做个数学老师。如果真能如仔所愿，我相信仔一定是语文成绩最好的数学老师。想想孩

子以师为范，这便是老师的形象在他幼小的心灵里植下了美好。仔数次演唱
《老师》这首歌，我时常听见仔的歌声在心底里响起——

啦……啦……

你给我一句话就打开我一扇窗

你给我一个微笑我就浑身是力量

你给我一个眼神我就找到了方向

你放开双手让我遨游知识的海洋

老师啊老师你像我兄长

老师啊老师像老朋友一样

老师啊老师是我学习的榜样

你给我的一切我永远不会忘

你给我一句话就打开我一扇窗

你给我一个微笑我就浑身是力量

你给我一个眼神我就找到了方向

你放开双手让我遨游知识的海洋

老师啊老师你像我兄长

老师啊老师像老朋友一样

老师啊老师是我学习的榜样

你给我的一切我永远不会忘

老师啊老师你像我兄长

老师啊老师像老朋友一样

老师啊老师是我学习的榜样

你给我的一切我永远不会忘

啦……啦……

◆ **永远的二班永远的 42 号。** 仔所在的班级是天府四小 2017 级 2 班，仔的学号是 42 号。不知不觉 2 班已经升到五年级了，42 号却再也回不到这个温暖的集体。

同学们在仔走上手术台时，集体给仔录了视频："刘轩辕，我们等你回来！耶！"同学们集体为仔比"V"，我每次看，每次都感动得热泪盈眶。当老师和同学们知道仔永远地缺席了这个温暖的班集体，都陷入深深的悲痛中，他们都用文字怀念远去的仔。

现录他们的怀念文字和图片，让这个无情的事实变得温情，人间值得，未来可期。

◆ **梦回校园拥抱温暖。** 在美岸路口，仔打开我的车门，他下车的瞬间从双臂长出一双美丽的翅膀，轻盈地飞到四小校门口，映入他眼帘的是各种字体的"和"字。他和三三两两的同学微笑着走向教堂，见到久违了的黄老师，仔拥抱着说："黄老师好，虽然我的梦想是长大后当数学老师，但是我是语文成绩最棒的数学老师！"周老师的数学课还是那么生动有趣，仔还是最敏捷的那一个，仔沉浸在数理图带给他思考的快乐中。午餐了，香喷喷的玉米排骨，仔吃得津津有味满嘴是油。同学们簇拥过来，几个男孩拉着仔飞奔在绿茵场上，兄弟瑞仔还是飞毛腿；大力士向前还是扔得老远；"刘轩辕，快啊，快来帮我呀！"小满同学又被调皮蛋"欺负"在求助；小可儿长高了不少，还是那么小巧精致……几个美丽的女孩拉着仔到了藤飞湾，不知名的小花开得正艳，就像一张张笑脸，旁边舞台拉开帷幕，这次"大魔王"长出一双翅膀，从盒子飞出来，在明亮的灯光闪烁中飞向天空，越飞越高，越飞越高……

梦醒了，仔是天使，回到天堂，多么希望美梦再续！

留下来的只有在眼角的两行泪水。我的仔，你一直活在我的思念中。

No.8

▼　亲亲一家人

那么多朝夕相处的日日夜夜，亲情永结；

那么多休戚与共的走走停停，血浓于水。

姐姐是女儿身，仔是男孩子，有女有子，人生如此完"好"，

上帝赐给我们一双儿女，原本四口之家如四条柱共同撑起一片幸福的天空，

我们陪着孩子慢慢长大，孩子伴我们慢慢变老，人生轨迹本该如此运行，

孰知人生无常，不如意十之八九；

哪知世事难料，唯亲情温暖如初！

1 吃货"仔猪"

除了贪婪地吮吸翰墨书香，汲取知识的养料，仔对吃的热爱与能力完全匹配得上他出生在成都这个休闲美食之都，因此大家不约而同地赐他美名：仔猪！

仔自己不反感这个表现他特长和嗜好的"昵称"，反而戏谑自己：我就是愿意自己是一只能吃善思的猪坚强！

◆ 排骨情结。仔早期词汇里最让人印象深刻的是"排不（骨）"，从一开始就跟猪排骨干上了，无论是藕汤清炖，还是胡萝卜红烧，不论是糖醋排骨，还是手抓腌卤排骨……仔吃起来都是一个大嘴排骨，横着放在嘴里，吃得嘴角流油，嘴唇沾着或黄或黑的渍。

于是位于双楠鹭岛的"郑连锅"成了仔过生日的首选。偌大一口陶瓷锅，从锅盖的孔里"扑哧扑哧"冒出几股水汽，排骨和着玉米的香味扑鼻而来。仔早已不淡定，掀开锅盖，三两只白白净净的精排从黄澄澄的玉米中间冒出，顺着妈妈的筷子横亘到仔面前，一样的横放嘴边，一样的嘴角流油，一样的"白骨"堆成山……

因为仔嗜食排骨，妈妈的拿手菜谱里自然少不了各种各样的排骨做法，以至于在走南闯北的求医问药路上，排骨都成了最抚仔心的食物，无论是在北京青塔，还是台北小巷，无论是杨浦蜗居，还是济南村庄……几条或炖或烧的排骨，总能让仔恢复如初。是谓：吃能解忧。

◆ **药食同源。**仔妈一直以精心喂养一只白白胖胖的"仔猪"为自豪，看着仔大快朵颐的时刻也是她的幸福时光，仔也确实不负众望地长得很壮，乐此不疲地做个灵活聪明的大胖子。仔坐在泳池边露出堆在腹部的三道肉肉的"游泳圈"让朋友圈的观众大呼过瘾。

抗癌路上，仔也一直是吃的先锋和表率，给那些化疗胃肠反应剧烈滴水不进的弟弟妹妹做了榜样，一副"仔以食为天"的模样，总是惦记每到一处的美食：北京"翠清"的臭鳜鱼，闻着奇臭，食之味香；复兴路上的"铜锅羊蝎子"是冬天御寒的上等美食，羊脊状如羯子，卤味铜锅，养眼暖胃；"東来顺"涮羊肉和北京烤鸭是大款叔叔请客时的专利，金黄酥脆的烤鸭蘸酱和着大葱黄瓜卷成一束，甘之如饴；天津狗不理包子不止有包子，台北牛肉面牛肉大砣是特色；济南煎饼不是饼是玉米面皮，上海酒米丸子和荠菜丸子不一样（一次为无肉不欢的仔在沪上点荠菜丸子，店里已贴牌，叫点菜员换不辣的丸子，她推荐酒米丸子不辣，半晌端上来，原来是醪糟煮的汤圆，哪有肉星，让人啼笑皆非）……

仔也为吃尝到过苦头。因为伊立替康的药副作用是延迟腹泻，仔三度为经不住美食诱惑露出吃货本色而"蒙难"，一是第一次复发北京返蓉吃火锅，在院内痛到额头冒汗；二是在北京用药后吃羊蝎子腹泻到有气无力；三是在山东用药后腹泻十天手脚冰凉……以后仔不再轻易显露吃货本色，而是白粥食之，每每睡前难忍，就从成都红通通的火锅、北京香喷喷的涮羊肉、山东黄灿灿的煎饼、天津脆生生的麻花……还有妈妈拿手菜排骨系列炖排骨卤排骨烧排骨炸排骨……念叨个遍，发誓禁食到胃肠好了吃尽人间美味，边念叨边咂摸伴嘴巴脆响，边大声吞咽美食菜名招惹出的口水……

仔妈在病房陪同，我很多时候成了仔口中眼里的"外卖小哥"，仔和仔妈负责点菜，我负责采购烹饪送餐。接仔来电，惦念阳澄湖大闸蟹，从河头王庄出来，雨中骑行到朱庄，走几条街，无售，悻悻而归。百度"大闸蟹"居然找到"济南蟹都汇"，78元一只，6只起送，立即下单，赶在中午送到。我再百度小红书做法，按视频步骤操作，先蒸三只，一刻钟后蟹已金黄。仔吮吸蟹黄，挤吃蟹腿，大快朵颐。

以至于，2020年6月，仔手术前，三爸、纤纤姐姐专程赴京，陪仔再尝东来顺涮羊肉，程叔叔备烤猪手和卤羊蝎子，符叔叔送臭鳜鱼，周叔叔从兰州寄送乳羊羔排……投仔所好。仔果真是名扬亲朋的吃货一枚！

2　哭鼻子的姐姐

"啊！轮子都快要转飞了！星期六晚上，我和姐姐下楼骑车⋯⋯我们就这样你追我赶⋯⋯又骑了几圈，才满足地回家了。姐姐只有周六晚上能陪我玩，我很珍惜和姐姐玩耍的快乐时光。"（摘自仔"每日心语"，2018 年 9 月 20 日）

◆ "女 + 子 = 好"。一天傍晚，我带女儿儿子从东门回竹韵天府的家，女儿在前，儿子在后。保安队长见此情景，高兴地招呼我："刘哥，有'女'有'子''好'呀！"

我后来回味这句平淡的话，原来话中有话，寓意如此美好而深刻，"女 + 子 = 好"，原来仓颉造字如此定义"好"。有女有子即为人生完满，我和小梅因为有女儿有仔成了天底下最幸福美满的人。

带仔去"远大·中央公园"售楼部看新居，售楼姐姐看不够胖乎乎的靓仔，从前台给仔递了片薄荷糖，仔津津有味地品尝着。罢了，仔走到前台，踮着脚尖从盛糖的盘子再取一块薄荷糖，攥在温暖的手心里，一直没舍得吃。回家路上，我问仔："儿子，你手里拿着什么？"

"是糖！"

"那你为啥不吃呢？"

"我给姐姐带回去,这糖好吃!"我一直记得这个让心融化的生活小细节,因为有了姐姐,仔心里才真正有了把美好分享给他人的意愿。

姐姐也是如此。那时思源去了双中实验校上初中,周六才回家,总是在校门口给弟弟备一份礼物。推开家门,总是从背后拿出礼物之前先让仔猜,要么冰激凌,要么"大白兔"奶糖,要么蓝草莓棒棒糖……仔渴望分享姐姐周末归来时的爱心美食。

我和小梅也因为有了思源和仔,我们的时空和爱总是被分成两份。一家四口,亲亲一家人。

◆ **弟不必不如姐。**在美食分享方面,仔总是不容易得到满足,妈妈有时就会一分为二,比如一人一条藿香鲫鱼,分别盛一只盘子,这样就会相安无事。还有妈妈做的可乐鸡翅,姐姐弟弟都十分贪吃,姐姐速度比不上仔快,仔总是吃完自己的份子,手不自觉地伸到姐姐盘子里。

"啪!"姐姐的手打向伸过来偷吃的手,仔这时会讨好姐姐。

有时姐弟俩会为此追逐起来,从沙发争斗开始,追逐到姐姐房间,一边嬉闹一边缠斗在一起,这时仔不一定不如姐。因为仔仔身强力壮,总是占了上风。

泳池是姐弟俩又一决高低胜负的地方,先是齐头并进蛙泳在一条道,一会儿仔潜在水下,泥鳅一样从泳池底下钻出来,和泳池中认真前行的姐姐撞个满怀。姐姐很生气,仔使出浑身力气冲到前头,一边做鬼脸一边挑衅:"来呀,来呀,来打我呀!"看着一身膘浑身力气的弟弟,姐姐无可奈何。

仔在象棋方面的天赋是"打败全家无敌手",已经描绘过姐姐的惨不忍睹,起初是摔门而出,后来是不堪其辱,姐姐哭鼻子了。仔没趣的找妈妈,说:"姐姐又哭鼻子了!"

姐弟俩喜怒哀乐一路走来,血浓于水!

天地间只要有姐弟在,那么多时空才富有生机和层次,才真正人间有爱。

3 妈妈的朋友圈

妈妈的朋友圈，仔永远是当仁不让的主角，没有之一。

因为妈妈知道，仔点点滴滴的美好都弥足珍贵，有一天，这些会定格成仔精彩的全部记录。

用妈妈朋友圈靓图重现仔和妈妈之间的爱，图有数，爱无涯！

◆ 有妈妈的孩子是块宝。

吃——

 窗外

2019 年 2 月 8 日，吃货在任何时候到任何地方都是吃货。

窗外

2019 年 5 月 21 日，在成长中历练，在历练中成长，马上饺子犒劳。

玩——

 窗外

2020 年 9 月 5 日，哥俩下次相聚不知是什么时候，珍惜拥有相聚的时光。

窗外

2020 年 4 月 20 日，乡村风景线，小黄帽和小黄对话进行中。

乐——

 窗外

2017 年 10 月 13 日：儿子的创意化妆。

窗外

2016 年 1 月 4 日，沉浸在对儿子做手工的欣赏和喜悦之中。

成长——

 窗外

2019 年 10 月 9 日，演出圆满归来，台上台下你们都那么可爱。

窗外

2018 年 9 月 17 日，小小少年，好样的！一路成长，一路欢笑。

有仔的妈妈永远不老。

 窗外

2018年12月24日，陪伴是最专情的告白！宝贝，八岁生日快乐，八年来，记得你成长的每个点滴。

 窗外

2019年2月15日，几天车旅劳顿，今天又是家务缠身，双下肢肿胀。洗完脚叫儿子给我按摩一下，一双小肉手捏起之舒服，不摆了。儿子一边捏一边说：妈妈，你脚有一点点儿臭，但我不嫌弃！一会儿又说我的大脚丫子像熊二的胖脚掌那样圆圆的，说完哈哈大笑。

  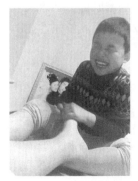

4　甘愿受虐的爸爸

上帝对生活在伊甸园的夏娃说："因为你偷吃了善恶树上的果，我要增加你分娩的痛苦！"又对亚当说："你既然听从了妻子的话偷食禁果，土地必为你的缘故受到诅咒，一定会长出荆棘和蒺藜来，扎破你的手，你必须终生劳苦才能从土地里得到吃的。"被赶出伊甸园的亚当和夏娃繁衍后代成了人类的始祖，是不是从那时开始，妈妈甘愿受苦分娩，爸爸甘愿受虐劳动创造，以此为幸福呢？

◆ "唱得更难听"。小梅天生一副好嗓子，当年读中学时唱《红梅赞》："红梅花儿开，朵朵放光彩……"真的能唱得满树红梅绽放，梅香扑鼻而来。思源和仔都遗传了妈妈的好嗓音，女儿因此成了学校合唱团一员，代表学校唱响成都，被省级艺体高中免试录取。仔的音乐天分甚高，常常与姐姐演绎流行歌曲，两三遍就会，比如蔚雨芯的《微光》：

等待一个人　终究太天真
追逐一个梦　不能怕伤痕
擦干一滴泪　输了我承认
命运的脚步　从来我不问

该吃的苦　比谁都清楚

说来无助　也算是领悟

总有一天　我会找到自己的幸福

就让狂风吹乱我头发　就让大雨打在我身上

这一路痛过伤过又怎样　不过是梦一场

为爱我会活得更坚强　为你我要变得不一样

我相信黑暗中那点微光　是明天的太阳

再巨大的阻挡　推不倒我的信仰

力量再微弱我也要挣扎　等待那黎明的光亮

就让狂风吹乱我头发　就让大雨打在我身上

这一路痛过伤过又怎样　痛快哭一场　就随风去吧

为爱我会活得更坚强　为你我要变得不一样

我相信黑暗中那点微光　是明天的太阳。

在送姐姐上学路上或外出自驾游，在车里他们仨都一展歌喉，我偶尔和上一两句，立即会被叫停，他们一致认为：我说普通话难听，唱起歌来比说普通话更难听！你们说我受虐不？！

◆ **骑扣背景**。周日上午，我会被仔拽着，带上姐去仔学校打篮球，或踢足球。这时校园里很安静，绿茵足球场成了我们仨飞奔的天地，软绵绵的人工草场上有我和仔的带球疾进，或精彩一对一直射。

无姐弟，不篮球，我们不分组对抗，玩得更多的是定点投射，每个点投篮三次，仔的准头并不在我和姐姐之下。学校在篮球场一侧安装了不同年段（不同高度）的少儿篮板，仔就有了像NBA扣篮王一展雄姿的想法。那些NBA巨星可以越人翻身扣篮。仔想出了一个好点子，那就是骑在我的肩上完成扣篮，每每我蹲在地上，把仔架在脖子上顶起来，高些再高些，靠近篮筐，仔终于站在我肩上完成了人生第一次扣篮，我却成了十足的骑扣背景。完成了扣篮的仔哈哈大笑，我却苦不堪言，你们说受虐不？仔还一个劲儿地说："老爸你得感谢我，你的身体锻炼得好多了！"

◆ **山水胸怀**。两渡赤水两次漂流，都和仔同乘一舟，让橡胶筏子随湍流任意西东，撞石跌宕前行。行至水平处，我用力撑竹竿，让筏子载人行进天水之间。一时兴起，仔要掌舵，接过竹篙，挥舞河间，篙杆正中我眉间，瞬间眼冒金星，血染风采。仔亦六神无主，我无意怪仔，扫了他的兴。算是甘愿受虐不？

每每海边玩沙，与仔匍匐前进，在阳光照耀的沙滩上留两道痕。刚看过《摔跤吧，爸爸》这个电影，仔也要和我这个爸爸玩摔跤。泳装的仔和我从海边摔到沙滩，随着海潮一浪一浪打过来，我也应景应声倒在软软的沙滩上，仔像模像样地扑摔在我身上，俨然胜利者的姿态。算是甘愿受虐不？

泳池受虐，更是家常便饭。我是狗刨水野泳专家，就是在水中乱蹬乱划；仔和姐是专业受训的蛙泳王子公主，我经常被嘲笑是开在泳池中央的一朵奇葩。算是甘愿受虐不？

No.9

▼ 疾病是威胁

百度获悉：2020 年全球癌症死亡病例 996 万，其中我国 300 万，占 30%。

单调的数字背后是一条条鲜活的生命，是一个个不再完整的家庭。

癌症，成了夺走人类健康和生命的最大威胁，

面对疾病，面对癌症，面对即将因病失去的鲜活生命和完整家庭，

我们能做的是什么，我们该做的又是什么？

还要失去什么失去多少，我们才能明白健康与活着的意义？！

1 2020 的打开方式

2020 年庚子年，在中国注定是不平凡的一年。于仔，也一样是不寻常的一年。

◆ **不祥之兆。**2020 年 1 月 13 日，我和仔妈携仔飞抵山东省肿瘤医院复查，仔在这之前鼻腔有异味。而他在天津的主治医生王景福主任已因人才引进东迁至此，我们便追逐王主任到这里。虽然每次复查都像等待法院宣判一样提心吊胆，但前两次都好好的，我们希望这一次也如从前一样，能够让我们身心轻松地返回成都过上一个愉快的庚子新年。

预约检查：头颅 MRI，心脏彩超，胸部 CR……

心脏彩超：无异常；胸部 CT：无异常……

头颅 MRI 检查结果出来后，显示了一个不祥之兆，仔的鼻腔疑有复发症状。我和小梅的心又一次紧起来，看着充满活力奔跑在路上的仔，我们不愿意相信这一厄运再次降临到仔的头上。

那一天济南下着小雪，寒冷劲道的风吹得人心发凉。我到科室不见王主任，给他电话他说还在门诊坐诊，我便急忙去儿童肿瘤门诊室找到王主任。他打开电脑，点开仔的 MRI 图像，拉大鼻腔部位图像反复审视，陷入沉思，一边看一边自言自语："这确实有些干扰我的判断，是突变，还是复发，不好说。"王主任最后还是同意我们登上了当晚飞回成都的班机。那一刻，我和小梅都有一种不祥之感，但我们一万个不愿意相信我们的仔会再次复发！

◆ **与新冠同到。** 2020 年春节如约而至，如同从远远的山东省肿瘤医院带给我们不祥之兆一样，远远的武汉有医生吹哨：一种传染性极强的肺炎侵袭人间！

我们一大家子在崇州大爸家共同度过大年三十，和仔在酒店共赏春晚。

大年初一，远远听说武汉告急，即将封城，鄂 A 来车已不受欢迎。大街上人们行色匆匆归心似箭，我们也急急忙忙回了家。接着各大医院开通了发热病人专用就医通道，我们一家人严防感冒发烧，我和仔也只能在客厅过道踢球过人。

真是怕什么来什么，仔正月十一发烧头痛。我给某医院做儿科主任的师弟打了电话，师弟说若抗感染治疗有效就不考虑肿瘤复发。我车载了仔提心吊胆地去见师弟，查了血，有感染，遂对症用药，两三天后仔恢复如初。

虚惊一场。

我同时在网上给仔在华西医院约了核磁共振检查，心里还是不踏实。

正月十七日，仔再次头痛，且痛感更烈。

车行路上稍有颠簸仔就抱头叫我慢点儿开。我带仔去华西做了核磁，找到读片室医生说明了仔的情况，希望能尽快出结果。我们担心是复发了。

怕什么来什么，核磁共振结果显示：鼻腔占位，颅内水肿。

我的世界一片混沌。新冠肺炎的愁云惨雾笼罩在整个世界的上空，每个人脸上的焦虑惊恐，蔓延到我这里已是失声恸哭。拨通哥的电话，我在车里眩晕，世界在我周围旋转。

我发了定位给三哥，我再也不敢动车，得请哥来接我回家。

因为疫情，山东去不了了。小梅通过病友联系到省医院儿科，立即入院化疗。

电话那头，远在山东的王主任给了详细的化疗方案，用白蛋白紫杉醇＋吉西他滨，口服靶向药培唑帕尼。仔这次先独自一人在儿科 ICU 化疗，他是那么无助与坚强，我给仔带进去手机，我们只能在视频中相见。

我聪明坚强的仔呀，这可怕的横纹一而再再而三地缠着你不放，与新冠同到，危害生命健康的同谋。

作为学医的爸爸妈妈也那么无奈，不能护你周全。

◆ 可怕的梦与未尽的缘。仔不在家的夜是那么的黑暗深沉，无边无际，思绪在无边无际的黑暗中四处游动。

夜深了，好不容易进入浅浅的睡眠：脚下是交织错综的藤蔓，藤蔓变成一条条凶神恶煞的蛇扑过来，惊恐万丈的我挣扎着逃跑，脚缀在藤蔓与蛇群中无力自拔；抬头望石柱一样的山直插云霄，山下正飞落一片片石头，正飞快地砸向我的头和胸……醒了，这是一个可怕的噩梦。

从医院归来的路上，我电话问刚哥何在。他让我去红树湾他家旁的锦江边相见。

仔第一次复发时，我在万寿路的宾馆接到刚哥的电话，他说他代表成都一帮兄弟问候我，他问我："你除了坚强，还能选择什么？"

我说："除了坚强面对，别无选择！"

"那你就选择坚强，因为我们需要你，你没时间也没理由悲伤！"刚哥说完挂了电话。

这次刚哥陪我沿着锦江踱步。

俯看江流，刚哥说："任何人与人之间都是一段缘，缘有缘深缘浅，有缘聚缘散，有缘来缘去。你知道春节我母亲走了，这次七祭我在母亲坟前叩首，告诉母亲，还有更多有意义的事等待我去做，今生我们母子缘分已尽，从今后我要将您忘怀，用更多时间去做别的事。我请求母亲原谅我的不肖。"刚哥递给我一支香烟，点燃：你和你儿子一世亲子缘分，有缘同行就要惜缘，也许你们注定缘浅。任何劝慰的语言都是那么苍白，我只希望你内心坚强！"

夕阳下，两条人影拉得很长很长。

远处，武汉早已封城。

新冠肆虐，全国医务工作者逆行发光，庇护天下苍生健康，仍有那么多惊人的数字不断上升。人的生命成了一个个阿拉伯数字记录。

我们的仔困在省医院，再次接受化疗。

路漫漫……

2 歌声院内外

微笑和歌声是世界通用的语言，可以无障碍沟通。仔在抗癌岁月里总是微笑着面对一切苦痛，总是用歌声安抚自己和一起抗病的小伙伴，此时他们是真正快乐的。癌症患儿的时空并不是一直灰暗的，他们有自己的快乐法宝。

◆ **村庄速写。**河头王村是济南槐荫区一个宁静的村庄，王符河在这里静静地流淌，春天河两岸垂柳依依，冬天河面上冰雪覆盖。

济兖公路穿村而过，两边鳞次栉比的店铺。这里的早晨，因为山东省肿瘤医院坐落于此开始忙碌而热闹起来。这个村庄是典型的北方城乡交界处的模样，两三层板房围成一个院落，一个院落紧挨着一个院落。每一个院落和村里的几家宾馆一样都挂着一张纸板，上面歪歪扭扭写着：套房出租，水电气空调，有 WiFi。

因为"山肿"住着的几乎是慢性病人，他们会租住在这个村的民房里。又因为"山肿"有王主任主持的专门的儿童肿瘤病区，来自全国各地尤其是西部地区的患儿，也都一个介绍一个地住到这里。河头王村巷子里进进出出的轮椅，推着一个个光头无眉的肿瘤患儿。

这里的爸爸妈妈都没姓没名，大家见面习惯称孩子乳名 + 爸爸 / 妈妈，比如"仔仔妈妈""丫丫爸爸""睿睿奶奶""星星爷爷",或者简洁叫"仔爸""虎妈"……这些爸爸妈妈凑在一起,彼此同病相怜,偶尔从家里端一两盘菜凑到一张桌子"打平伙",南北菜系自然走在一起,或辣或酸或炖或烧或海味或山珍,大家伙儿俨然失散多年的亲朋好友久别重逢。

孩子们都按年龄排着序,哥姐弟妹相称,比如仔被来自云南的丫丫奶声奶气叫"仔仔多多(哥哥)",被青岛菲菲柔声柔气叫"仔仔哥哥"……孩子们组队在 Ipad 上玩"和平精英",调皮的泽弟总是朝自己的队友开枪或扔炸弹,被仔斥为"猪队友",小泽弟"呵呵"地笑,他是故意为之。瑞哥也来自成都,他从天赐福小区搬来村里住,和仔弟建立了深厚的情谊,他们年龄只相差两三月,又都是头面部横纹,都由妈妈全职陪伴,晚饭后结伴去玉符河边散步。瑞妈扫码一辆共享单车,仔弟骑一个来回,瑞哥接着骑一个来回,骑车者在前,奔走追逐者在后,那时他们都还充满力气,一起看夕阳憩在枝头,一起享受着这幸福时光。肿瘤在这时没有威胁!

◆ **天台演唱会。**我们十个左右的家庭住在河头王庄 176 号院,房东姓李,和善的李老板总是"呵呵"笑,在进院的巷道养一只土气的小黄狗,仔们都叫它"大黄"。刚来时大黄会狂吠,熟悉以后我们早出晚归大黄都摇尾巴,仔总是拿带肉的排骨赏赐大黄,一次在村里迎头碰到刚从阴沟里爬上来的脏兮兮的大黄,它显得羞涩而不自在,躲躲闪闪地走在李老板身旁身后,惹得仔和仔妈一阵大笑。

和善的李老板在两层小院建了一个十多个平方米的天台,横几根铁杆让租住客人晾晒衣物,晚上这里成了孩子们开演唱会的天然场所,六一前夕更是夜夜歌声不断。医院里儿科和向日葵基金会联合组织庆六一演唱会,仔和院里的菲菲、娜娜两位小妹妹报了小合唱,备选歌曲有《你笑起来真好看》《成都》《老师》……妈妈在网上买了个"小度",放在天台的茶几上,小伙伴悄无声息地聚齐。月光融融,院外整齐的白杨在夜风中飒飒地响,细心的李老板还特意悬一只明亮的无影灯在天台正中，这里的氛围诗意渐浓。"小度，小度""我在！"小度回答。"来一首《成都》！"旋律响起，仔领着菲菲娜娜跟着赵雷一起唱："余路还要走多久，你攥着我的手……在那座阴雨的小城里，我从未忘记你，成都……走到玉林路的尽头，坐在小酒馆的门口。"仔喜欢这首《成都》，因为他来自成都。每每星夜唱《成都》，西南望，是故乡，长年漂在外求医问药，仔和仔妈的心中难免生出思乡之情。望着熟睡的仔，仔妈禁不住失声而哭。仔从梦中醒来，相拥而泣，替妈妈拭去眼角腮边泪，"妈，不哭，我不痛！"仔从此不再轻易唱《成都》。随着小度的引领，他们合唱一首《你笑起来真好看》，最后因为两位妹妹更容易掌握《老师》的旋律，他们选择了这首仔本来就喜欢的歌曲。

晚风习习的6月，孩子们将天台变成舞台，夜夜笙歌，歌声和着晚风穿过白杨林，跌落在旁边的玉符河里，满河月光，满河童声。肿瘤在这里没有威胁！

◆ **快乐儿童节。**仔在"山肿"过了两个儿童节，在这属于全球儿童的节日里，仔都参加了儿科组织的文艺会演。2020年6月1日，仔带着两个妹妹深情演唱了《老师》……

演唱会结束我们便奔赴北京同仁医院给仔手术。我们要干掉这个"威胁"。

2021年6月1日，仔是在最后时刻才确定登台表演，因为六一前夕仔一直在发烧，不确定能否上台。六一当天在护士站的邀请下，还在住院的仔直接从病房到舞台，独唱《种太阳》——

> 我有一个美丽的愿望
> 长大以后能播种太阳
> 播种一颗 一颗就够了

会结出许多的许多的太阳

一个送给　送给南极

一个送给　送给北冰洋

一个挂在　挂在冬天

一个挂在晚上　挂在晚上

啦啦啦　种太阳

啦啦啦　种太阳

啦啦啦啦　啦啦啦啦

种太阳

到那个时候　世界每一个角落

都会变得　都会变得温暖又明亮

　　仔依然健硕，但他的声音因为长期服用抗癌药变得沙哑而不再洪亮，这竟然成了仔的最后一个六一儿童节，也是他最后一次在台上演唱。不久后我们撤回了四川成都。

　　仔最后在医院的日子里只能卧床，我在他床头用 ipad 给他放郑智化的《水手》，放古筝曲《春江花月夜》，放他喜欢唱的《老师》《种太阳》……袅袅歌声中我凝视着仔睡着了的模样，泪水禁不住一颗一颗地滚落下来……

3 第三刀

横纹肌肉瘤，从仔的眼眶蔓延出来，像藤蔓一样伸入他的鼻窦，突破鼻腔侵蚀颅底骨，导致仔颅内水肿。这些瘤体就是侵占仔身体完整生命健康的同谋，一波一波潜滋暗长在仔的头面部。这一次王主任也向我们警告：仅仅化疗是无济于事的，应该寻求手术和放疗。其实，我和小梅也清楚这个结果迟早要来，只是我们自欺欺人地不愿早相信这会发生在我们健壮的仔身上。

◆ **山盟城誓**。4月底，我给原来做杂志的同事东良去了电话，他住在济南，我向他借了蒙迪欧车。我和小梅决定带仔出去走走，尤其是身在孔孟之乡，去孔府孟庙祭拜是应有之义。

朋友圈文字：齐鲁大地随便的一砖一石，都能看到历史万千气象和文化厚重丰盛。至圣庙里拜孔子，半部《论语》治国平天下，为历代统治者提供治国的理论基石，更在于其修身亲民，指引君子之道。亚圣庙里拜孟子，"道阐尼山"，进一步提出民贵君轻思想和点明大丈夫气质，让孔孟儒家思想一脉相承，成为经世之用。

登五岳之首东岳泰山，仔自中天门拾级而上，经十八盘至南天门临风望岳，晨至太极台观日喷薄而出，点燃云霞！万仞宫墙，万丈霞光！天地万物，人何其渺！恰是仔伸出右手，我伸出左手，共同托起一轮朝阳，那一刻一个声音在我心灵深处汩汩流出："不只要此时此刻，要就要今生今世！"

这之前，我东去上海复旦耳鼻喉医院，北上京城访天坛、宣武、同仁，为仔寻求手术和放疗之道。在同仁幸得几位仁医，尤其是那见面就和我讲四川话的史教授，北京胡同里长大的他18岁西去华西医科大学求学六载，练得一口地道的成都话，亲切地称我小老乡。六年前我从沪上入京错过了拜访他，六年后我们仍有缘相见，慈爱博学的史教授仔细询问了仔的病情，认真审视了每一张MRI胶片，他劝诫我不要再给仔手术，担心术后创面太大不能愈合，如若感染控制不住，孩子会没有尊严地离开人间。我陷入深深的沉思，路在何方？

三哥带着侄女儿赶在仔手术前飞来北京，预订了首都宾馆的套房，让仔点餐，豪言陪仔好好大吃三天。朋友圈记载：

> 今生今世，此时此刻，让一切雄大与悠久成为背景，让一切修辞与言语变得安静，让一切梦境与激情此刻定格，就这样吧，亲情最浓——千里川京不近，挡不住亲人相聚，一生相守岂够，爱相随血浓于水。抚你肩，牵你手，我们陪你一起走，握紧拳，靠拢时拇指相抵，加油！你勇敢地站到了舞台中央，一如这九宫格的中央，我们一直都在，在一起！

◆ **永远的成都话。** 那个会说成都话的史教授明白了我的信念后，诚恳地对我说："手术时我一定会亲自登台！"我这一刻心头一暖，有一种亲情涌动心田。

2020年6月12日午后两点，仔又一次孤零零地消失在厚重的手术室门里，独自一人走向手术台。仔躺在手术台上，看着忙前忙后的医生护士，给他们一一道谢，这似乎感动了这一群医护。有人知道仔从成都来，鼓励仔讲成都话，问仔标准的成都骂是什么，仔说："瓜娃子！"又设计朋友久别重逢的成都话问候，仔说："龟儿子，好久不见！"标准的成都话，惹得午后犯困的医护人员哈哈大笑，仔也忍不住笑起来。在这笑声中，仔在麻醉药物作用下渐渐深睡，四个小时的开颅手术就这样以笑声开始。

手术室内等待区里，我和小梅一人一瓶"百事可乐"，焦急地等待仔手术的结果。四小时后，高挑而手巧的邱主任出现在手术室门口，一脸轻松地招呼我们过去，讲述了仔的坚强乐观，并告诉我们颅内切除干净，鼻腔清扫彻底，手术完美成功。我和小梅紧绷的神经瞬间放松，小梅迫不及待地把这个好消息分享给远在齐鲁大地的王主任，王主任回信：别高兴太早！

仔从手术室推到ICU，妈妈进去陪同，与此同时北京的新冠疫情从菜市起源迅速局部爆发，医院反应也以首都速度，我被隔在院外只能作壁上观，仔术后第三日我被迫离京返蓉。

◆ **"开干净了。"** 仔的第三刀不再是打开眼眶，而是直接打开头颅，从左耳旁到右耳旁，伤口成了一个没有闭合的冠状型，这是头上看得见的。经鼻向上达蝶窦外侧，仔的鼻腔几乎被清扫个遍。我仿佛看到铣刀切骨，仔的鼻中甲被卸下；我仿佛听到双侧嗅丝离断的声音，仔从此香臭不知；我仿佛感到刀片划过肌肤血刹时涌出，仔正一层一层被打开……

抬起额叶，取出色灰质韧的肿瘤组织……"开干净了！"邱主任告诉我们。

术后一周，仔转儿科化疗，再一周，疫情中仔和妈妈几经周折回到"山肿"。

2020年7月，仔的鼻腔有了异味。小梅用空针抽生理盐水冲洗，总有残渣流出。冲洗后用薄荷油润之，往往经鼻腔进入口里，仔呛咳不止。

11月中旬，化疗期间的仔有了第一次癫痫。雨夜里仔妈带仔冲回医院，从此仔上疗时总要备上急救药箱，仔的心里有了莫名恐惧的阴影，我和小梅也如临大敌。

2021 年 3 月，仔有了第一次脑脊液漏，坐或站时漏出来；卧床或躺时又坠积性肺炎……

疾病作为危害仔身体健康的威胁，那么肆虐嚣张。作为仔曾经学医的爸爸妈妈，对此我们是如此束手无策，爱莫能助。看着仔的病情一天天复杂多变，一天天不如从前，留在我们心中的是日复一日加剧的痛！

4 归向何方

病魔露出它狰狞的面孔，仔却一如既往的淡定从容。仔妈推着输液泵，抚着依然胖乎乎的仔在医院的走廊里踱步。

化疗间隙，仔妈依然带着仔在河头王村走家串户，或在玉符河边看日出日落，采一束野花供瓶养。

◆ 前路在何方？化疗三周一轮，从 2020 年 2 月到 2021 年 7 月，从未间断；靶向药已从配唑帕尼换成安罗替尼，从未间断……

王主任也亲自领着我和小梅去了"山肿"放疗科。仔这一轮的治疗就缺放疗了，手术和化疗都用上了。"山肿"放疗大夫不主张普放，说放疗面积太大且靠近颅脑，风险太大了。

在他们的指引下去了山大二医作伽玛刀。几经周折，那里的医生说因仔做过开颅手术无法在头部固定模具。

小梅在他们的建议下独自带仔去了上海华山医院伽玛刀中心，元月的上海滩依旧寒冷。仔的体质下降了，奔波与严寒让他发烧了。疫情尚未结束，仔发烧了不能进入院区，只好独自一人坐在院外台阶上等妈妈。妈妈见上了伽玛刀中心大夫，请了多学科会诊，结论是仔颅内是放疗坏死组织，不宜再放。

小梅牵着高烧的仔坐动车折回了山东。寻求放疗的路一波三折，忽明忽暗，仔终究是没有放疗。

回到"山肿"见到王主任，又经过很多轮化疗使用白蛋白紫杉醇＋吉西他滨＋口服安罗替尼。MRI 检查：肿瘤组织缓慢长大着。每每化疗的第二三天，仔最担心的癫痫发作如约而至。

我和小梅商量，带仔回成都吧！征求王主任意见，他说这也是一种选择。

牵着仔的手走在医院巷道里，我故作轻松地问仔："回成都了，高兴吗？"仔不作答，走一段后反问我："老爸，要是你是我，你高兴吗？"我不知如何回答。仔不想回成都，他告诉我他担心成都弄不好他的癫痫。其实仔心里明白，回成都意味着什么。

但我们还是订了 2021 年 7 月 14 日 3U8954 飞成都的机票。不愿归去，又不能不归去！最难齐鲁别，归去巴蜀客！我第一次奢侈地给仔和仔妈订了超值公务 A 舱，便于脑脊液漏的仔睡着回家。我心里清楚，这注定是仔的最后一次飞行！

◆ **睡着了的模样。**2020 年 3 月一别，2021 年 7 月归来，仔和仔妈回到了阔别一年有余的家，与天府四小一墙之隔的家，但是提起见老师和同学仔却总是摇头。

回到家，仔的内心却没了温暖，他总是"葛优躺"地在沙发上看 Ipad，倦了就睡，总是容易倦容易入睡。我常常看着仔睡着了的模样，还是那么恬静。

仔鼻腔的感染症状一天天加重，我陪仔住进了省医院儿科抗感染，一有好转就带仔回家，一周后仔因低钾低钠低氯血症休克再次入院。仔昏睡的次数越来越多，吃货的本色也渐渐消失。我已经感受到疾病作为凶险的威胁正一步步逼近我们的仔，那幽灵般脚步声一阵阵响起。我在朋友圈写道：

顺承天意乎？逝者如斯！苍天有眼乎？视之如刍狗！人定胜天乎？天佑吉人乎？天人合一乎？

天堂是仔的故乡。2021 年 10 月 16 日的成都阴雨绵绵，天使一般的仔永远地离开了人间，永远保持着睡着了的模样。

朋友圈文字：

亲爱的儿子，当时间定格在 2021 年 10 月 16 日 19 点 01 分的时刻，爸爸妈妈永远失去了爱你的机会，你从此没有了拥抱爸爸妈妈的能力！你带着亲人、老师、同学和一起抗击病魔的小伙伴深深的爱，去另一个平行世界绽放你的美好！

在仔七祭的日子，我写下《你是人间最靓的仔》长文，寻一段："昨夜的雨凉了秋，凉了孤独的你吗？我的仔！今天，是你离开我们的第 7 天。在我心里你从未离开，只是睡着了的模样。只是在床上醒来时在身边摸不着你，这时候才分明感觉到你在眼前不得见，今生我们再也不得相见了！"

一簇簇绽放的菊花散发着清香，一排排送行的亲友滴落着泪水……

安息吧，我们的仔！天堂没有病痛！

No.10

▼ 阅读，长出翅膀

一个人的精神发育史，就是他的阅读史；

一个人的阅读史，就是他的成长史。

透过一个人的文字，

你与他在进行深层次的对话，即灵魂交流。

和书建立一种特殊的关系，

沉浸式阅读和自由阅读，

你已经走在有持续竞争力的路上，

你会长出一双隐形的翅膀！

在阅读中开始我们新的生命，

我们的微小在阅读中不断强大丰盈！

仔是一条书虫，他在读书中构建出自己短暂却绚丽的人生画卷！

仔是痴迷阅读的。仔因为疾病这个人生苦难让他更多时空回到了自己，阅读是自己的身与自己的心和谐相处的最佳路径。仔不足两岁开始走上抗击横纹肌肉瘤的道路，他的阅读之路也从那时开启，随着岁月更迭时空转换，绘就属于仔也可以属于每个孩子的阅读地图。

◆ **看视频。**仔是背着 Ipad 去的上海，那时仔用 Ipad 不是玩游戏，而是用它来看视频。起初仔迷恋挖掘机短视频，对挖掘机推土开山、挖河铺路，一味地乐此不疲。后来仔看《天线宝宝》：清晨太阳宝宝从山头冉冉升起，山上野花在晨风中摇曳，小小山儿圆又圆，天线宝宝出来玩。可爱的紫色丁丁、黄色拉拉、红色小波、绿色迪西，四个憨态可掬的天线宝宝，它们一起"抱抱"。仔那时也穿红色罩衣，他说他就是跳上跳下、快乐热情的小波，和小波一样骑着滑板车在草地上飞驰。

到北京青塔，仔看视频的内容换成了《熊出没》：安静祥和的原始森林，蠢萌贪吃的熊二，聪明担当的熊大，一丝丝奸诈中更多勤劳善良的光头强，他们仨在原始森林里斗智斗勇。仔化疗时掉光了头发，他说自己变成了光头强；仔又特别能吃，长得虎背熊腰，又说自己就是熊二。

仔还看《爱探险的朵拉》：那个留着棕褐色短发、性格阳光开朗聪明的朵拉带着仔一起开启探险旅程，一个个探险故事，生成有趣实用的英语单词，仔学会了"map（地图）""book（书）"等词。

看视频是仔阅读的启蒙，一个个性格鲜明的人物形象引导仔对大自然和未知世界产生无穷的乐趣。

◆ **读绘本。** 仔读的第一套绘本是《小熊维尼》，就是晓军叔叔穿越北京城给他送到青塔的。小熊维尼是英国剧作家、童话作家和诗人米尔恩为他儿子创作的一个有趣的童话形象，憨憨傻傻的维尼熊非常仗义，非常关心他的朋友小猪、小兔、小驴和袋鼠一家，他们在共同的家园百亩林一起犯糊涂，一起闹小矛盾，一起幸福地生活着。

仔读的第二套绘本是《玩具回家》，这是在全国推动心理健康教育的《知心姐姐》杂志副主编老钟送给仔的礼物。仔在妈妈指导下会把自己的玩具送回"家"，免得它们想妈妈，这让仔从小就养成物归原处的好习惯。仔还收到邻居王阿姨寄来的礼物《农场主弗瑞德》绘本，讲述农场主弗瑞德和他农场动物朋友老马哈利、奶牛康妮、小狗帕奇等一起解决困难，弗瑞德遇事不慌、积极乐观，他常说："别担心，我有办法！"

仔上小学时，在我和小梅的帮助下还创作了一册绘本《藤飞湾的美》，传颂天府四小"各美其美，美美与共"的办学理念。仔在浓浓的亲情友情里欣赏经典绘本！

◆ **读诗。** 仔读诗的故事前面已叙述。不求甚解，只求熟读成诵；不求准确知悉诗歌的意思，但求读出诗中画面。每个人心中都有几首唐诗宋词，仔也不例外。

◆ **读身边人的书。** 仔最先看的应该是《大头儿子小头爸爸》：大头儿子、小头爸爸和围裙妈妈演绎的一个个微小有趣的生活故事，总是充满欢乐的笑声，总是流淌着温暖的爱意，仔十分地喜欢，经常以为我和他就是书中角色。2019年教师节前夕，仔有幸作为现场提问嘉宾，与《大头儿子小头爸爸》的作者郑春华阿姨有了面对面的机会。仔落落大方地提问："大头儿子长大后，是不是和他爸爸一样，成了小头爸爸呢？"仔获得郑春华亲笔签名赠书，并把它作为最珍贵的礼物送给了语文老师。仔对《大头儿子小头爸爸》这套书有了更浓厚的兴趣。

这一天在现场的嘉宾有晓军叔叔，他是儿童小说《俺是转学生》的作者。仔对晓军叔叔这本小说也是情有独钟，对书中有趣的故事、诙谐的语言念念不忘。现场嘉宾中还有万庆华老师，她在成都师范银都小学带着学生、家长集体创作，每届出一本书，如《牧羊犬亚力》《古蜀部落历险记（上下）》《熊乐乐与蜗牛先生》等，并把这些书义卖所得全部捐给四川偏远地区品学兼优的贫困学子，传播知识与友爱。仔一本不落地读完了这些哥哥姐姐集体创作的每一本书，自己申请以后也加入万老师的读创团队，万阿姨表示非常欢迎。可是仔不久因病情再次复发外出就医，这成了一个未完成的美好愿望。

夏寿叔叔是浙江省特级教师，他身残志坚、笔耕不辍的精神感染着身边的每一个人，他的人生本就是一部充满温暖和爱的童话。他撰写的《天天玩童话》《记着》《爱满教育》都第一时间寄给仔，仔也第一时间捧读之。仔给我讲："何伯伯写的故事都是真的，这些真的故事总是很感人！"

仔还收到诗人边存金的纪实作品《玩着，等待花开》《玩着，春天来了》《玩着，快乐成长》《会玩，才有翅膀》。仔说他羡慕小诸葛班孩子们的生活。

还有雪野叔叔签名的诗集《中国最美的童诗》。小波叔叔的汉字诗集《唱给五爪鱼的歌》、三炯叔叔的童诗集《太阳是个牧童》，仔也一直留在身边。

◆ 读经典。歌德说："阅读经典，就是和高尚的人对话。"

何谓经典，诺贝尔奖获得者库切说："那些历经最糟糕的野蛮攻击而得以劫后余生的作品就是经典。"

"盖文王拘而演《周易》；仲尼厄而作《春秋》；屈原放逐，乃赋《离骚》；左丘失明，厥有《国语》；孙子膑脚，《兵法》修列；不韦迁蜀，世传《吕览》；韩非囚秦，《说难》《孤愤》；《诗》三百篇，大底圣贤发愤之所为作也。"这些都是经典，皆是作者本身就历经苦难方成之佳作。

人要静心宁神阅读一些经典，正如叔本华说："没有什么比经典作品更能净化我们的心灵了。随便拿起一本经典，哪怕只读半小时，也会感觉整个人焕然一新，身心舒畅。澄净，精神超脱、振奋，仿佛经过了山泉的清洗，这是因为古老语言的完美特性，还是因为那些作品历经千年仍完好保存的作家思想之伟大？也许两者兼而有之。"

仔是不是通过阅读经典作品获得抗击病魔的力量未可知，可以肯定的是他对经典作品的阅读兴趣超越了他写作业。仔的书橱整齐地摆放着中国四大名著的少儿版；曹文轩的唯美小说《青铜葵花》《狗牙雨》等；动物小说大王沈石溪的《狼世界》《狼王梦》等；郑渊洁十二生肖系列小说；《史记》的少儿版，《福尔摩斯探案集》全套……每每妈妈送姐姐回学校留下仔一个人在家写作业，回来总免不了受妈妈责备，说他写得慢。仔后来剧透："妈妈，你们一离开家我就会爬上书桌去书橱取一本课外书，掐着时间阅读，等到你回家前把书归原处，继续写作业！"就这样，仔总是沉浸在阅读里，明明在卧室里答应了出来吃饭，过去半晌他仍黏在书桌旁。

2018年暑假前夕，仔把他读过的书摞在一起，一共27本，展示这座"小书山"给我检阅。我知道仔右眼视力为零，他仍然坚持"啃"了这么一摞经典，我打心眼儿里高兴，蹲下来紧紧地拥抱我的书虫儿子。

◆ 读出精彩。仔和姐姐一起报名参加了"全民朗读"2019语文朗读大会四川站活动，他们都获得了"决赛晋级卡"。仔初赛时朗读了唐诗——

登高

【唐】杜甫

风急天高猿啸哀，渚清沙白鸟飞回。

无边落木萧萧下，不尽长江滚滚来。

万里悲秋常作客，百年多病独登台。

艰难苦恨繁霜鬓，潦倒新停浊酒杯。

决赛时朗读教材儿童诗《雷锋叔叔，你在哪里》——

沿着长长的小溪，

寻找雷锋的足迹。

雷锋叔叔，你在哪里，

你在哪里？

小溪说：

昨天，他曾路过这里，

抱着迷路的孩子，

冒着蒙蒙的细雨。

瞧，那泥泞路上的脚窝，

就是他留下的足迹。

顺着弯弯的小路，

寻找雷锋的足迹。

雷锋叔叔，你在哪里，

你在哪里？

小路说：

昨天，他曾路过这里，

背着年迈的大娘，

踏着路上的荆棘。

瞧，那花瓣上晶莹的露珠，

就是他洒下的汗滴。

乘着温暖的春风，

我们四处寻觅。

啊，终于找到了——

哪里需要献出爱心，

雷锋叔叔就出现在哪里。

仔用诵读方式演绎这些经典作品，大声读出来，读出文中的美好情感，读出文中的人物形象。

◆ **用耳朵读。**仔第一次手术后放疗使右眼视神经受损，小梅带他去了专业眼科医院测了视力，右眼差不多只有光感，左眼5.0。回家时仔说："女生和女生开一辆车，男生和男生开一辆车！"仔让姐姐和妈妈坐一辆车，爬上了我的车后座，看着窗外皎洁的月光，仔若有所思地对我说："爸爸，我右眼几乎没视力，左眼视力也不好，我担心哪一天我就看不见月亮，看不见这个美好的世界！"我心有戚戚焉，其实我知道仔更担心的是哪一天他就不能自由阅读。

后来仔的病情复发，他的左眼视力进一步受损。为了保护仔的视力，我们为仔关注了"喜马拉雅·听"，让仔用耳朵"读"书。仔在治病间隙，在病床上听完单田芳先生评书经典《三国演义》《西游记》，又听完了《米小圈上学记》（仔从一年级到四年级，一直心心念念要看《米小圈上学记》的续集）。仔十分喜欢《米小圈上学记》幽默风趣的童言慧语，受到感染而有了和妈妈合作写作《仔仔上学记》的冲动，一度还由仔口述仔妈记录，讲述他在天府四小的校园生活。这些都成了仔在人间未完成的作品。

◆ **用身体读。**我指的是仔参与校园剧《穿越迪士尼》和心理剧《最是无声爱相随》的表演，仔饰演"病毒大魔王"和"木桌"，准确地把握剧中角色形象，这是另一种形式的阅读。前文已有记叙，不再赘言。

这些阅读让仔的生命长出一双隐形的翅膀，飞越在鲜花烂漫春光里，穿行在千山万水画图中！

No.11

▼ 不问因果

人类从未停止对未知世界的探索，
像宇宙一样浩渺的未知领域更加凸现人类的知识有限。
疾病和生命健康同时诞生，结伴而行，
我们坚持不懈地寻找病因，希望对症下药，药到病除，
殊不知，症只是表象，不是根本原因。
癌症不是一种疾病而是综合病征，
不问原因，不求结果，活在当下，一心向前。

1 X 光是元凶?

——读《妞妞：一个父亲的札记》

仔因为患眼眶横纹肌肉瘤离开了！他来这个世界陪伴我们不足 11 周年，我们却会用一生去记住他。凡病必有因，有因才有果，我偏偏对无数癌症患儿的父母说："不问因果，即使找到患病的原因又有什么意义，还不是埋头往前，还不是满腹心酸却要露出一脸阳光，最后还不是和所有人一样殊途同归！"我是仔爸，我和小梅都学过医，我是文字刊物的编辑，我又长期干教育推广服务，我在这里写这本纪念文字，虽然无法去承担起少儿癌症那沉甸甸的果，似乎有使命去追寻少儿患癌的因。我借助医学文献或记录患癌经历故事的书刊，来试图回答"是什么带走了仔"。

仔患病后我读的第一本书是周国平先生撰写的《妞妞：一个父亲的札记》，我想从这本书里找到出口，在黑暗的岁月里看到光，在沉沦的境遇中抓住一双援手。《齐鲁晚报》黄集伟说："《妞妞》是为除周国平之外的另一个或其他许多的寂寞而写的。周国平大概永远不会知道，陪着他的寂寞坐着的，另外还有很多寂寞。"与这种寂寞同坐的人首当其冲是癌症患儿的父母，包括仔的父母：我和小梅。

朱海军《今晚报》评论："我觉得，周国平为他女儿著这本书是他为捍卫生命的尊严以笔为刀与死亡所做的一场肉搏战。"周先生在这场肉搏中和我一样最终是失败者，但这场完败是不是有幕后真凶？周先生在"因果无凭"这一章中说："怎能不恨啊，有时候杀人的心都有，杀女医生，杀医学博士，杀自己，杀上帝。"这里的女医师拒绝为周先生怀孕五月的妻子诊病，周先生恳切地哀求她，到对她怒不可遏，到暗哑的诅咒，最后不得不搀着妻子"悲愤离去"。

这才又有被视为"救命恩人"的医学博士"一而再，再而三"地为孕妻使用 X 光射线，还拍着胸脯说"出了问题找我"。医学常识是 X 光很可能导致胎儿染色体畸变，使胎儿患癌包括妞妞患的视网膜母细胞瘤，这医学博士的常识呢？这样一个不可理喻的作为：X 光辐射，是杀死妞妞的凶手。

为什么要杀自己呢？原来怀孕妻子感冒因为作者的疏于照顾而加重，最早源于妻表妹投宿而传染。周先生在书中写道："我们已经习惯为一切悲剧指定责任者，通过审判人性来满足自己的解欲。事实上，所谓因果之链至多只是标记了我们投在表面的极为狭窄的视野，而真实的原因却往往隐藏在我们目力不及的无限阔的存在的深处。"

又缘何要杀上帝？周先生紧接着说：宁愿相信造成悲剧的原因仅在于命运，命运是神的意志的别名，对它既不能说不，又不能追问为什么，神可以做任何事，不需要理由，不作解释。在神的沉默中，周先生也沉默无语了：神为什么要跟一个小小的婴儿玩如此不仁的恶作剧，把这样的命运降临在幼小的生命上。这时的"命运"岂不意味着拒绝一切因果性的解释，面对业已发生的灾难，承认自己不具备解释的能力和权力，只有默默忍受的义务？

周先生在书中说：妞妞是被一系列人性的弱点杀死的。她是供在人性祭坛上的一个无辜的牺牲者。书中交待：表妹对感冒传染防范的疏忽，读者谈话内容和时机的不合时宜，女医生的蛮横无理，医学博士不必要的 X 光透视，作者和妻子因小失大的赌气……这些都是人性的弱点，都那么微不足道，"灾祸往往有一个微不足道的起因"，却让妞妞患上绝症，让周先生一家生活完全改变。

仔的患病是不是也有一些微不足道的原因呢，我一直本能地拒绝去寻找，我和小梅在仔治疗的岁月中甚至蓄意去否定这在仔身上是个客观的存在。我们常常以为这是上帝开的一个玩笑而已。有时我们又以为是一个不经意的梦，梦境在他处在那时发生，梦醒无痕。这是不是也是人性的弱点，因为深沉的爱不愿相信苦难的存在。

2 "为啥是我得癌症"

——读《此生未完成》

得了癌症是果，癌症会冷不防将这个附着的生命从人世间带走是果，从此留下一个撕心裂肺不再完整的家是果，每一个果都是人间苦果。于娟博士在她的遗著《此生未完成》中直面这个问题："为啥是我得癌症？"她的"非学术报告"写得很直白。但我这里还想就于博士的这个非学术报告转述给大家，虽然于博士是成人癌症患者，仔是少儿癌症患者。

套用于博士之问，我们这群癌症患儿的家长千百次地问："为啥是我儿得癌症？"又在内心深处千百次追寻"我儿"得癌症的因，终究落得一些都是想当然的原因。这个问还可理解为：少儿患癌者是一个特殊但客观存在的群体，不是"我儿"可能就是"他儿"。

我敢十分肯定地告诉大家，我们这群家长共同的敌人是癌症，正如于博士所言一样："我在癌症里整整挣扎了一年，人间极刑般的苦痛，身心已经被摧残到无可摧残的地步，我不想看到这件事在任何一个人身上发生。但凡是人，我都要帮他去避免，哪怕是我最为憎恨讨厌的人。"我作为这群家长中的一员，本不想进行这蘸着泪的写作之旅，又和于博士想到一处："做这件事对我并无任何意义，但是对周围的人可能会起到防微杜渐的作用。"

于博士从她生前的"吃、睡、学习、工作和生活（环境）"四个方面对自己患癌的因进行了反思，称为"非学术报告"。但我从文字中看到一个很拼能吃能睡活脱脱的现代人，却在悄无声息猝不及防的成为癌症患者。于博士在"吃"这个饮食习惯方面给自己列举了三条原罪：瞎吃八吃；暴饮暴食；嗜荤如命。说自己"从不会在餐桌上拒绝尝鲜"，吃了很多不该吃的东西；说自己玩来玩去，竟然自己是那条吃到自己的贪吃蛇，吃饭风卷残云，"讲究大碗喝酒大口吃肉"，说自己"桌上无荤""兴趣索然"，吃海鲜让公婆"面面相觑"，直到"从化疗那天开始就从老虎（吃肉）变成了兔子（吃素）"。

对应于博士列出的三条饮食习惯，我们应倡导：管住嘴不乱吃；管住胃不太撑；管住馋多吃素。世间有一条颠扑不灭的真理：病从口入。食品安全是少儿患病不可忽视的原因，三聚氰胺事件后，我国国家质检总局查出包括伊利、蒙牛、光明、圣元及雅士利在内的多个厂家奶粉都有三聚氰胺。我每每给仔兑牛奶，从奶粉桶里舀奶粉时，总是疑心这里面有什么有害物质。看着仔抱起奶瓶一口气喝个底朝天，我高兴之余心里不免惴惴不安。

于博士的"非学术报告"把"晚睡"列为第二大原罪。于博士说："现在这个社会上，太多年轻人莫名其妙得了癌症，或者莫名其妙过劳死……当事人得了这种病，苟活世间的时间很短，没有心思也没有能力去行长文告诫世间男女……我作为一个复旦的青年教师，有责任有义务去做我能做的事，让周围活着的人更好活下去……写这些文字，哪怕有一个人受益，我也会觉得自己还有点价值。"于博士语重心长地告诫我们这些苟活的"现代人"：在能早睡的时候尽量善待自己的身体，感官享受过了那一刻都是浮云，唯一踩在地上的，是你健康的身体。仔是少儿，永远都是睡不醒，更多是睡梦中美得自己"咯咯"笑，但是我们这些健康着的大人，又有几个按下生活的暂停键，关心自己的睡眠，聆听过自己身体发出的真实声音呢？

于博士是一个读书人，她居然把"读书"定为第三大原罪。她开篇云：

"说来不知道该骄傲还是惭愧，站在脆弱的人生边缘，回首滚滚烽烟的三十年前半生，我发觉自己居然花了二十多年读书，'读书'二字，其意深妙……也许只有我自己知道我是顶着读书的名头，大把挥霍自己的青春与生命。"于博士说："为了一个不知道是不是自己人生目标的事情拼了命扑上去，不能不说是一个傻子干的傻事。得了病后我才知道，人应该把快乐建立在可持续的长久人生目标上，而不应该只是去看短暂的名利权情。名利权情，没有一样是不辛苦的，却没有一样可以带走。"

正如周国平先生在本书序言里评价："这个小女子实在可爱，在她已被疾病折磨得不成样子的躯体里，仍蕴藏着那么活泼的生命力……我相信，如果于娟能活下来，她的人生一定会和以前不同，更加超脱，也更加本真。她的这些体悟，现在只成了留给同代人的一份遗产……引用这些片断，只因为它们能比我的任何语言都更好地勾勒出于娟的优美个性和聪慧悟性……苍天不仁！"

于博士是海归，在挪威留学两年，学环境经济学，她把环境列为第四大原罪。日本作家村上春树一篇小说名曰《挪威的森林》，于博士两年后从挪威回国，被丈夫嘲笑："挪威那个地儿太干净了，像无菌实验室，一帮外来小耗子关到里面几年再放回原有环境，身体里的免疫系统和抗体都不能抵御实验室以外的病菌侵入。"

于博士在这一部分的写作是十分客观也是十分节制的，她只列举了一些数据，比如回国朋友的患病人名，比如上海、北京、天津癌症发病率增加了一倍，比如家居甲醛指标……让博士老公歇斯底里只因为"一个终身埋头在实验室里发明了除甲醛新材料的人，从来没有意识到自己的爱人却经年累月浸泡在甲醛超标的环境里，最终得了绝症"。

我于2016年12月22日在朋友圈留言：儿子（仔）明天就要从乡下回来了，后天即平安夜，是他6岁生日，我们却把这样一个灰蒙蒙的世界给他们，罪过！并附一首诗《无题》：

安静的午后

我把自己独自安放在座椅上跟自己对话

雾失楼台的时刻我正在 LOFT 广场 908 延续这场对话

关于"死亡"的话题，就像一次离去一样真实

让你不自觉地话锋转向"活着"

于是微信在乡下的妻与子，告诉他们——

呼吸着新鲜空气多好，放心地活着吧！

就像田间一株绿油油的庄稼

告诉他们，千万别轻易逃到都市

都市被雾中那颗小小的悬浮物击中，面容憔悴而又模糊

都市病了，病得不轻

伦敦从这种病走出来花了 13 年，

我的都市从这种病走出来要多长时间？

我的谈话戛然而止

鳞次栉比的楼台在雾中次第消失

偶尔听到喇叭声像是在呜咽……

　　于博士说她做的是"非学术报告"，我开篇就说明了是"转述"，请原谅我大段大段的摘录，只愿燃起各位读者去读于娟博士原著的愿望，去读于娟博士的先生哀而不伤的文字，足矣！

3 细胞的异常增长

——读《众病之王：癌症传》

　　《众病之王：癌症传》是印度裔美国医生、科学家和作家悉达多·穆克吉的作品，他毕业于斯坦福大学、牛津大学和哈佛大学医学院，在牛津获得致癌病毒研究博士学位。他在访谈中回答为什么写这部书说：源于对一个病人提出的问题所做的一个漫长回应，这个病人是患严重腹部癌症接受化疗又复发，再次治疗前提问——我愿意继续治疗，但是，我必须知道我在对抗的敌人是什么——直指一种疾病的前世今生。

　　悉达多·穆克吉为了回答癌症患者对抗的敌人是什么，他阅读了大量文献，试图带领普通读者"回到癌症最早的起源"，从文化角度、社会角度、临床实验角度理解癌症，"然后把大家带入未来"，"让我们相信，我们的努力没有白费"。

　　正如他所说："这本著作与其他任何一本书一样，也要仰赖于他人的工作成果。"我这里引用他引用过的苏珊·桑塔格感人的作品《疾病的隐喻》里的一段话：

　　　　疾病是生命的阴暗面，是一种更麻烦的公民身份。每个降临世间的人，都有双层身份，其一属于健康王国，另一则属于疾病王国。尽管我们都只乐于使用健康王国的护照，但或迟或早，至少会有那么一段时间，我们每个人都不得不承认——我们也是另一王国的公民。

这是说疾病是我们每个人生命存在的一种形态，我们免不了生病。

数千年来，癌与人类如影随形。人类也从未停止与癌反抗的战争——不仅仅使用一种武器，而是必部署多种武器。即便如此，"面对癌症，没人能轻言治愈。为了能追上这种疾病的步伐，人类一而再，再而三地创造，学习新知识，扔弃旧策略。我们执着地与癌症进行抗争，时而精明、时而绝望、时而夸张、时而猛烈、时而疯狂、时而凛然。"

那么，癌症到底是什么？我这里只能引用作者在书中叙述：

千百年来，在这些医疗层面、文化层面和隐喻层面的理解之下，暗潮涌动的，是对这种疾病的生物学认识。而这种认识往往随着时代的前进发生根本性的嬗变。现在我们知道：癌症，是由某一单个细胞的生长失控引起的疾病。这种增长是由突变引发的——DNA的变化特别地影响了基因，"煽动了"无限制的细胞生长。在一个正常细胞中，强大的基因回路调节着细胞的分裂和死亡。但在癌细胞中，这些回路已被打破，释放了个不停分生的细胞。

这种看似简单的机制（细胞毫无障碍的生长）能够位于这个怪诞多形的疾病的核心，证明了细胞生长具有深不可测的力量。细胞分裂使生物体能够成长、适应、恢复和修复——让生物体能够生存。而这种机制一旦被歪曲和解缚，它就可以让癌细胞生长、繁荣、去适应、去恢复、去修复——以我们的生命为代价，去实现癌的生存。癌细胞（比正常细胞）生长得更快、适应得更好。癌是我们自身的一个更完美的'版本'。

再引用该书封底的一段文字结束我的读书笔记——

人老了并不一定会得癌症；但某些饮食生活习惯、职场工作环境，以及细菌病毒感染等都有可能增加罹癌风险，这是我们可以、也应该做到预防的。了解癌症的特性和肇因，才能通晓各种癌症的预防之道，以及不同疗法的长处与限制，对于层出不穷的癌症新闻，也才有能力辨别真假。

《众病之王：癌症传》是一位专家写的医学科学文献，虽然作者一直试图用大量故事或真实叙事来行文，但我并不推荐一般读者去阅读，因为语言表达习惯和专业知识的差异会让你感到晦涩难懂，不得要义。

No.12

▼ 完全意义

活着，有意思远远大过有意义，

让活着的每一天都有意思，是活着的全部意义。

我蘸着泪写给仔的这本书，于仔已经没意义，

于我和仔妈，其意义也只在于为了忘却的纪念。

生活还要继续，不要在这本书中寻找活着的意义，

如果读仔的生命历程能让你有做点有意义的事的冲动，

就是我写、你读这本书的全部意义，除此之外别无意义。

我陪仔和他姐姐去看过一场电影《一条狗的使命》，这部电影以狗狗重生的方式呈现一系列故事，并以它的视角去观看人类世界，发出一段段疑问：我是谁？我为什么在这里？我在这个世界上有意义吗？

在狗狗的心里，陪在主人身边就很知足，可是它不明白主人为什么要离它而去。在它弥留之际，主人的抚摸让它明白守候主人就是它的全部意义，没有主人的它，生活就像白开水，无色无味。

二次重生时狗狗的身份是警犬，在一次解救任务中帮助警察主人脱险中枪而亡，它的意义："我可以为了主人去救人，甚至牺牲自己，尽管如此，为了主人，我愿意！"

三度重生时，狗狗见证女主人由孤身一人变成幸福妈妈，被人爱着，也深爱着别人，狗狗明白：遇见了爱，拥有了爱人的能力，生命才是圆满的。

四度重生时，狗狗的主人是一对男女，它从主人的看门犬到被抛弃成了一只流浪犬，但它仍然亲近人类，因此它重回最初主人的身边，努力重生，轮回数次，只为再次与你相见。

这些故事来回答：狗的使命是什么——尽管生活要面对离别，孤独，甚至伤害，仍然勇敢乐观地笑对生活，活在当下，开心每一天！

尽管仔已去了平行世界，他的生命之花过早凋零，我仍然有足够理由用文字来表达：仔的生命与生活充满积极向上的意义！

1 给孩子：健康着，学习是快乐的事

亲爱的孩子们，我记录仔在二十一幼的幼儿园生活，以及在天府四小未完成及不完整的小学生活，是想对你们说：仔是多么渴望回到你们当中，多么期盼坐到 42 号课桌前，和你们一道快乐地追逐玩乐，再一次聆听周老师、黄老师讲一节课。这对你们来说是太过稀松平常的一件事，可是在仔身上是多么大的一个奢望，而今他只能寄望你们替他完成这个未遂的心愿了。

这本书记录了仔的学习经历，但愿对你们有一些借鉴意义，这也是我写这本书对你们的意义。

仔在阅读上的经历尤其让我感动，我相信仔的阅读所获让他快乐而充实。仔的阅读从他幼小时识字始，他对汉字的认读以及练习软笔字书写，打开了他的阅读大门，让他走进了一个更广阔美好的文字世界，让他的心灵徜徉其中。

他日诵一首唐诗的经历，又是那么瑰丽绚烂，一百多首唐诗"种"在仔幼小的心灵深处，春阳暖照、风景触及，都会让这些诗句在仔的大脑里"复活"，他的情感世界里充满了诗情画意，可以解忧，可以悦性，可以养心。

仔对经典的阅读更值得你们借鉴，他从猜字连读海明威《老人与海》开始，到读曹文轩的唯美小说，读沈石溪的动物小说，读郑渊洁的十二生肖系列作品，读雪野叔叔编选的《中国最美童诗》，读安徒生童话，读伊索寓

言，读四大名著（少儿版）……仔读这些书时往往废寝忘食，沉浸在曲折的情节中，感受着人物形象的美好，汲取着这些经典作品的精神养料。腹有诗书气自华，读书养气，读书赋能，读书增长视界。

仔离去了，我们整理了他看过的两大箱各种书刊，捐给了公益组织。在他的墓穴中，我们也放了他生前最喜爱的《小王子》《三国故事》以及他的读书笔记"每日心语"和一些他未曾打开过的五年级的教材，好让他在平行世界里仍然能好书相伴，一路书香！

我还希望你们能从仔与疾病抗争的过程中，看到他积极、乐观、顽强的生活态度。仔从不到两岁查出患有癌症，先后经历了 3 次手术，两次放疗，50 余次化疗。他前前后后 4 年多的抗病经历吃尽了疾病带来的痛苦，无论是术中术后的疼痛，还是放疗化疗的副作用，都从未叫过一次苦，更没有为此痛哭流涕。他默默地忍受着，他靠健旺的食欲以及勤奋的锻炼，让自己的身体保持健壮；他靠乐观的歌唱以及丰富的阅读，让自己的精神保持旺盛……他没有做疾病的俘虏，更没有当疼痛的懦夫，始终是微笑地面对这一切苦难。他把一次次化疗当成一个个战役，出院时笑着说"又完成一次战斗"，就像得胜归来的勇士。泳池里，仔最后一个上岸；篮球场里，仔挥汗如雨；泰山上，仔拾级而上；渤海边，仔逐浪奔跑……他希望用锻炼来强身健体，来对抗疾病，他胜利过，他值得称道：仔是一个不折不扣的抗癌小勇士！

我最想对打开这本书的孩子们讲的一句话是：健康着，学习是多么快乐的一件事！

是的，当我们健康着坐在宽敞明亮的教室里，我们感受不到仔坐在病床上，一边忍受着滴入身体的化学药物引起的剧烈呕吐，一边还孜孜不倦地"啃"着语文数学教材的艰难。仔自小就知道自己生着病，而且术后右眼失明，他尚且还这么渴求上学，渴求知识，我们又有什么理由不珍惜大好时光，好学上进呢？如果你在读这本书时能时刻感受到一个好学上进的仔，在你身边，在你眼前，给你无穷无尽向上的精神力量，让你有了打开书的冲

动，让你有了爱上运动的冲动，这就是我写这本书的意义，也是你读这本书
的意义。

2 给爸妈：唯爱与榜样，教育即生长

　　亲爱的爸妈们，我是仔的爸，小梅是仔的妈，我们像你们爱自己孩子一样爱我们仔，"幼吾幼以及人之幼"。养育仔以及女儿的经历给了我成长的机会，我享受着为人父的快乐。即便仔是癌症患儿，他自身承受着苦痛，也难免带给我们金钱上的压力、精神上的折磨，我仍然要说：仔带给我们的幸福更多，比较而言这些伤痛微不足道。如果父母认为孩子带给他的只是苦痛，那他一定是忘恩负义的父母。所以，我打消了写这本书最初的一个顾虑：贩卖苦难。因为仔带给我们更多的是幸福，苦难无从说起，更谈不上拿出来"贩卖"。

　　亲爱的爸妈们，我们作为"爸妈"的身份不是我们怎么努力就能获得的，是因为我们有了孩子才有了这个特殊身份。我在 2018 年朋友圈记下："作为儿子女儿的父亲，我 8.5—16.5 岁了，因为作为我和你们妈妈爱情结晶的你们的诞生，我才开始学做父亲，踏上神圣而充满愧疚的为父之旅。"是的，那时我们"人生初见"，一切都是美好的，我们愿意把全部的爱甚至生命都给孩子，我们愿意相信作为我们生命延续的你们沐浴着爱一定能长成我们想要的模样，但后来我们发现这更多的是我们的一厢情愿。

　　我养育女儿的时候，曾经为女儿的平凡焦虑过，甚至把这种焦虑传递给她。我的教师朋友给我留言：你只管好好爱她，静待花开！我明白原来我以爱的名义压迫到了女儿成长的自尊，导致女儿初中毕业背着我参加了艺体中学的自主招生，走上了学音乐的道路，3年后考入大连艺术学院音乐专业。我这才明白做父母的应有态度：只需好好爱，静待花开！

儿子仔刚到小学入学年龄时疾病复发而至，我和小梅对他最大的期望是：好好活着！仔在这种无压力状态下，个性得到最完整、最充分的发展。他上的是不学书写、不学计算的公立幼儿园；他学的本领也全是运动类、艺术类，是按他喜欢来选择的；他养成了让"玩具回家"等好习惯；他可以在家里地板或墙壁上任意涂鸦……苦难让仔更多的时间空间回到了他自己，他与自己相处得更多，他受到外界的纷扰就少了；疾病让他更多时间在路上、在病床上，与一般孩子比起来他是生活在别处，那里有更多同龄孩子在苦苦抗争，那里有更多成人家长在咬牙坚持，这让他的心智成长沉浸在另一种气氛里。我无意去讴歌苦难，我更愿意仔是一个平凡平庸的孩子，但客观上苦难的价值在于人在苦难中生长出来的生活态度。仔和众多患癌的孩子一样，他们长成了英才，往往又遭天妒。我想给家长朋友交流的体会是：也许我们对孩子没有那么高的期望值，反而能让我们的孩子在葆有天性的时空里自由生长，他们说不准会长成"英才"。

亲爱的爸妈们，我是一个教育服务工作者，我曾经参加了较长时间的家庭教育推广工作，从那时起我就觉得：中国教育的三支大军即学校、家庭、社会这三股力量，当下是学校教育这支大军孤军深入，已做得足够精彩，但家庭、社会这两支大军没有跟上。我常想：一个孩子的缺点一定能从我们这些家长身上找得到或多或少的影子。也就是说，我们是孩子成长的榜样，我们是孩子的样子，孩子是我们的镜子。

我最想对打开这本书的爸妈们讲的一句话是：让我们的孩子长成他们该有的模样，我们对他们只要好好爱就够了，在言行上做他们的榜样，我们慢慢陪他们长大，他们一定会带给我们意想不到的惊喜。我们需要的是身心健康的孩子，我们要做懂得优生优育的爸妈，从孕育宝贝起就要做学习型的家长。我们还要做与孩子一起成长的爸妈，和孩子像朋友一般相处，不要以爱的名义让孩子把与我们交流的心扉关上。如果我们能成为学习型社区的一分子，让我们的孩子回到一个友爱、和谐、尚学的社区，在这个社区与他同龄的玩伴是积极的，他所处的环境是优雅的，人人互相帮助、个个文明洁净……我们敢自信地说：我们在同一片蓝天下，我们有同一个梦想！

如果您在读这本书时，能看到仔作为一个患癌孩子身上散发出来的友善、顽强、好学的品质，忽然明白该在内心深处与自己和解，与孩子和解，这就是我写这本书的意义，也是您读这本书的意义。

3 给"病友"：活着，让每一天都开出一朵花

"病友"，在这里是一个不准确的称谓，更是一个不确定的读者人群。说不准确，是因为只有都是患者才能互称"病友"，我这里又特指患者（儿）的家长（属），因为患儿我们同病相怜又同处一个微信/QQ群中；说不确定，是因为我最初写这本书时就把这一群人当作我最忠实的读者，因为我们拥有同样的人生境遇，只是我和小梅、仔经历过，你们要么经历过，要么经历着，也不排除将来有的会经历。我们共同的敌人是癌症，我们谁也不敢轻言胜利，谁也不愿冷眼旁观，我们共同的心愿：人间不再有癌症！

陪仔抗癌九年余，我们一路走来，一路心酸，有过失望，也有过惊喜。我在前面的记叙中零星提及，我还是想在这里把我的一些认知集中起来，唯愿能给抗癌路上的"病友"一点启示，一点力量！

我在朋友圈记下："回望抗癌求医路，两点启示，一是切不可病急乱投医，一开始乱了方寸，珍惜第一次治疗机会的彻底……"发现仔患有横纹肌肉瘤时，我和仔妈没有过多犹豫，给他选择了手术。但现在想起来，要是一开始就上北京、上海去问诊，对仔的手术方案就会有更优的选择，如把仔的"第二刀"方案应用到首次手术可能更彻底；对仔的综合治疗（手术 + 化疗 + 放疗）方案也可能有更系统的设计，能够联合多学科同时关照，也不至于仔首次手术只是完成病检，迅速又长出来。仔再次复发，我们差点匆忙选择

给他放疗，几个化疗后还是茫然无助地选择带着瘤体去给他做质子放疗。这些都是在发现生病或复发后的焦虑所致，本来这个时期就是一个特殊时期，保持冷静就很难，但在镇定中作出正确的决择偏偏又是那么重要。

周国平先生在发现女儿生病后："自己内心深处回响着的是一个我自己没有勇气说出口甚至没有勇气谛听的声音：全或无！或者要一个十全十美的宁馨儿，或者一无所有！"很多家长朋友在这种"非此即彼"的思想观念支配下犹豫不决，错失了最佳手术时机，违背了癌症的"早发现，早治疗"原则，周先生也很自责："'全'只是理想，现实总是不'全'的，有缺陷的，凡不能接受缺陷的，自己该归于'无'，为什么我仍在世上苟活？"亲爱的"病友"朋友，面对癌症治疗选择，要么病急乱投医，要么犹豫迟迟不能决，都是应当记取的教训。好在现在有微信群，我在这期间接到新津一个患儿家长的微信留言，我让他给我打电话，赶快到成都来面见我。我把我知道的医生医院资讯以及治疗选择的相关事项和他一一沟通，他直接去了天津找到王景福主任，孩子现在已经上幼儿园了。

"……二是切忌过度治疗，多学科综合治疗及时有序，生命的长度自有天注定，那就好好的延展生命的宽度。"仔第一次复发在手术选择上我们遵从仔的选择，为了仔"看得见"我们没有给仔手术，只选择了"化疗 + 放疗"。仔第二次复发化疗效果不佳，不得已我们给仔实施了"第三刀"开颅手术，术前就有两种声音："开得干净"和"术后感染不可控"。到了晚期仔的鼻腔感染，脑脊液漏导致肺部坠积性感染，每每培养出超级菌株，几乎没有给内科医生留下施治余地。仔第二次复发颅内水肿也有两种声音："肿瘤组织突入颅内占位引起"，或"放疗引起的周围组织坏死"，这到最后也没有一个准确的说法，我想这算不算肿瘤治疗的两难选择或"过度治疗"？尤其是一轮一轮永不休止的化疗，同时服用靶向药，仔到最后皮肤触之即喊"痛"是不是因为"过度治疗"的副作用我不敢肯定。最后岁月，仔鼻腔的感染灶经眼内眦溃烂到面部，感染性休克，颅内占位，低钠低钾低氯血症……他昏睡的时间越来越多，渐渐失去吃货本色，我和仔妈痛定思痛，把仔转去了 ICU，那一刻我们知道：仔随时都会离我们而去，我们也不愿目睹他再在人间弥留受尽非人的病痛之苦。该我们对仔放手了，纵然心头万般痛苦，万般不舍！

亲爱的"病友"，我最想对打开这本书的你们讲的一句话是：活着，让每一天都开出一朵花。其实我们每个人从出生那一天开始就是余生，活着，健康地活着已实属不易。当我们面临亲人患癌，我们不用去怨天尤人，更不用去认为厄运对我们是命中固有。其实，不幸与明天对于每一个人都不知道哪个先来。我们要尽快度过面对癌症来袭带给我们的焦虑时期，冷静地寻医问药，积极地配合治疗。这个过程也不尽是阴雨绵绵，也有春暖花开，也有阳光明媚，我们要尝试着苦中作乐，对苦厄命运保持沉默是一种尊严，大难不能言，也不必言。我可以肯定的是仔在抗癌的路上仍然传递着正能量，让活着日子充满着歌声、洋溢着笑声，让每一天都是新的，真正做到——

活着，让每一天都开出一朵花，笑靥如花，香远益清。

写给仔仔

——班主任兼语文老师　黄苹

仔仔是我的学生，我那么多学生中的一个，也是最特别的一个。

老师眼里的仔

一、初印象

2017年9月1日，开学了。

这一天，仔仔正式走进学校。

帅气、健康、活泼的他眼里闪着光芒，充满对未知的好奇，看上去和其他同学并无二致。第一节课，我让同学们进行自我介绍，1小组、2小组、3小组……大家依次站上讲台，说得中规中矩。

轮到仔仔了，只见他迈着轻快的步子走上前来，自信的发言引得教室里发出了第一次热烈的掌声。"语言表达能力强、幽默"，我一边极尽赞扬一边悄悄地在花名册仔仔名字的后面备注下了这两个词语，欢心地认定这是一个好苗子！后面几天的观察也的确让这一判断得到了证明。以至于在第二周，当仔妈告知病情时，我的脑子里不自禁地闪出一句"为什么偏偏是他"？心疼惋惜之情可见一斑。

至此，仔仔开始了他不同寻常的求学之路。治疗的间隙，在爸爸妈妈的陪同下也来学校上课，参加活动，尽可能多地去享受校园生活，因为仔仔实在太喜欢他的学校、班级、老师和同学们。

这年的 10 月 13 日，学校开展少先队建队节活动，仔仔光荣地成了班级第一批少先队员。仔妈亲手为他戴上鲜艳的红领巾，仔仔拿出提前写满心里话的卡片送给妈妈，母子俩拥抱在了一起。那一刻，仔仔稚嫩的脸庞多了分喜悦，多了分骄傲，更多了分懂事。

二、回归校园

漫长的治疗持续了整整一年，仔仔正式回归校园时已是 2018 年的 9 月，二年级上学期了。之前暑假里我和仔妈沟通，要不要考虑让仔仔重读一年级，后来经过多方权衡并征求仔仔意愿，决定还是回原班，我的班。仔仔的回归也着实是那个秋天，班级里最让人开心的事情了。

　　重回校园的仔仔，好似那秋日里的菊，眼神里多了一种同龄孩子没有的坚忍、勇气、淡然。他尽情地绽放在课堂、操场，不辜负在校园里的一分一秒。课堂上，仔仔永远是最投入的那一个，语文课上妙语连珠，一字一句饱含感情的朗读；数学课上展露出过人的逻辑分析能力，解出一道道难题；音乐课上弹奏尤克里里，用心诠释着每一个动听的音符……

　　我承认，因为我知道仔仔遭受的病痛经历，给予了他更多的关注，但这孩子真的就是聪慧、温暖得让人不得不打心底里去爱他、疼他！还记得一次大课间，我偶然听到仔仔对旁边的女同学说："我的眼睛生病了，最坏的结果是以后可能会成为一个盲人，就只能去盲人学校读书了。"他一边笑着，一边用手蒙住自己的右眼做了个鬼脸，逗得女同学也笑了。我被触动了，小小年纪的仔仔对承受的病痛丝毫未提，对生活给予的磨难从不抱怨，一如既往的幽默、乐观。

　　开学两周，班上同学们紧张有序地排练着"国旗下"活动，仔仔凭实力成为活动的主持人，正式表演当天圆满完成任务。

　　10月，经过竞选、投票，仔仔当选了少先队小队长。

11 月 2 日，迎来了孩子们期盼已久的秋季研学。仔仔因为错过了一年级的游学活动，所以这次研学就成了他小学生涯中的又一个第一次。当天，我们去到了成都市科技馆，但因为多方面原因导致本次研学组织不力，只仓促地逛了一圈就打道回府了。老师们都觉得意犹未尽，更别说这些孩子们。回来的路上一个二个垂头丧气，失望至极，唯独仔仔依旧说说笑笑，很是满足。我实在不忍心，回到学校就组织孩子们来了一个"零食时间"，是啊，可以吃零食的研学才是完整的秋游！

12 月 29 日，仔仔第一次参加了学科闯关——丛林大冒险。凭借着自己在平日里习得的知识、技能，仔仔的闯关速度和质量丝毫不逊色于经验丰富的同学们。

时间荏苒，转眼进入了二年级下期。开学第二周的周一又遇我们班承担国旗下讲话《我和我的祖国》主题活动。仔仔再次和汐汐同学搭档，不仅主持得游刃有余，还担任朗诵节目《少年中国说》的领诵。敞亮的声线和出色的表现力收获了掌声，也奠定了他在同学心目中的学霸地位。我在台下，欣慰地看着我的这棵好苗子正茁壮成长着，也单纯地以为他会一直像现在这样成长着……

4月11日，第二届春季运动会，也是仔仔在学校参加的第一场运动会。仔仔本就不属于安静的男生，他活泼、好动，这个年龄的小男孩独有的调皮捣蛋，他统统都有。我知道他因为手术治疗所需，在心脏位置留有留置针管，平日里要非常小心；他不能感冒，不能出太多汗……我恨不得时时刻刻把他拴在身边，甚至想过不让他上体育课。可他呢，该玩玩儿，下课就和他那几个好兄弟打闹成一团。

也是为了解决这个问题，我在班级图书角另辟了一块场地设立"棋牌对弈角"，有象棋、围棋、飞行棋等等，不出所料地对这群调皮男生极具吸引力，从此下课后再也不见打闹嬉戏的身影。仔仔和几个男生独爱下象棋，每天沉浸其中，战得酣畅淋漓，还得一外号"棋痴"。与此同时，为了让仔仔不感到自己的特殊，我们决定让他正常上体育课，安全起见，让体育老师悄悄减少他的运动量。可每次下课，他都是满头满身的汗水，气得我一边盯着他把汗擦干一边"骂"他，他可好，笑嘻嘻地吐下舌头，下次照样。别说，仔仔的体育成绩相当不错，这样一个精力充沛，小脑瓜灵活，身体壮得像头小牛犊的孩子，谁能看出他的不一样呢？

日子过得很快。春天，我带着孩子们在班级的小花园上了好几次户外阅读课、户外写绘课，生命教育课。我们沐浴着春天的阳光，呼吸着春天的气息，万物生命都在蓬勃生长着，一切美好都正在发生。我们看书阅读、写观察日志、创作绘本，涌现出好多小画家、小作家、解说家，仔仔就是其中一个。

　　5月，我带着仔仔和其他三个孩子参加了新区的课程调研活动，现场的汇报和绘本展示获得了领导及专家团队的肯定。

　　这一年，注定是仔仔两年校园生活中浓墨重彩的一笔，他迎来一个接一个的高光时刻。

　　整个5月我们都在为学校第一届艺术节做准备，孩子们经常是几项任务同时进行。我们年级几个老师策划打造一台大型校园歌舞剧《穿越迪士尼》，演员的选拔至关重要，于是，我们发起了演员海选。孩子们的踊跃超乎想象，竞争十分激烈，个个施展出看家本领就渴望着能得到这么一个演出的机会。仔仔第一时间报了名，跑去参加海选，经过层层筛选竟拿下了戏份最重的角色——大魔王，开心之余我也不感到意外。可接下来，仔仔成为男主角的喜悦没过几天就被淹没在了排练的种种辛苦里。一句台词反复录无数遍依然达不到老师的要求；一个走位要来来回回要练习几十次；经常因为一些失误、动作不到位被批评。一向心气很高的仔仔哪里能适应这些？他不止一次抱怨"导演"老师们太过严苛，不止一次在排练现场任泪水在眼眶里打转，不止一次想过弃演，仔妈和我不断给仔仔打气加油，始终推着他迎难而上。终于，他凭着一股韧劲儿，也随着对剧本内容、角色人物的逐渐熟悉，状态渐入佳境。6月2日晚上，学校操场人山人海，一台具有专业水准的大型晚会拉开序幕。当镁光灯聚焦在舞台，仔仔完美演绎了"大魔王"这一角色。这晚以后，"大魔王"仔仔顺理成章地成为了学校名人。

学校是仔仔的乐园,仔仔也是学校一道靓丽的风景线。

6月,仔仔再次参加学科闯关;在学术年会上再次就班级的户外课程进行汇报。

9月,仔仔作为校合唱团成员参加新区学校合唱比赛。

10月，仔仔参演的心理剧到区上汇报表演。

10月，仔仔参加了秋季研学。这一次研学的足迹遍及四川省博物馆、浣花溪公园，这一次我们玩得很开心。

为了这次研学，我让家委会给每个孩子定做了一顶小黄帽，上面的LOGO是藤飞湾的班徽。戴上它，一眼就能找到我们班的孩子。理所当然的这顶帽子就成了我们的班帽。后来，仔仔再次离校北上求医时，每天都戴着这顶他最爱的小黄帽。

10月，少先队建队70周年纪念日活动现场，少先队员仔仔的提案《露天书法吧》获超过百分之五十以上的票数支持，高票通过。

同学眼里的仔

李同学和王同学回忆和仔仔在合唱团的那些日子。那次因为要到区上比赛，几个队员每周五中午风雨无阻地到音乐教室三进行练习。仔仔声线好听、音准也棒，但从不缺席训练，甚至比其他同学更认真。

汐汐回忆起和仔仔两次表演心理剧的经历。在二年级下期的5月和三年级上期的10月10日（这一天刚好是汐汐的生日，所以记得特别清楚），由我们班几个孩子参演的心理剧分别到区上和社区进行比赛、汇报表演。因为舞台剧比赛有个规定是不可以录音的，所有台词都必须是现场说，当时排剧的时候，老师就很纠结：到底把其中最难最长也是点明全剧主旨的一段台词给谁呢？这个的确很考验孩子的记忆力、表达力、心理素质以及现场应变力。在场的孩子都是层层推选出来的优秀学生，但大家还是不够有把握。前后几天练习下来，人换了一个又一个，最后，有这段最长台词的角色还是落在仔仔身上。汐汐回忆道：第一次比赛，到了仔仔要说这段台词的时候，我和别的同学都捏了一把汗，生怕仔仔出错。因为我们所有人都尝试过，知道其难度之大，再加上比赛或多或少会让人有些紧张。但到了第二次汇报表演的时候，我们就都很轻松了，因为仔仔用实力征服了大家。

予菡是我们班的体育科代表，是个"女汉子"，更是仔仔的"好兄弟"。时常能看到他们一起在操场跑步、打球的身影。予菡回忆起她和仔仔违反纪律的那次：三年级下期，正是人间最美四月天。温暖的阳光照在身上，让人无心学习，只想冲到操场去奔跑。好不容易挨到了午饭时间，我和仔仔约定吃完饭就去篮球馆来场"斗牛"。哪还有心思去细品那可口的饭菜啊，我们俩直接胡乱刨了几口，趁老师给同学们打汤的时候，我给仔仔使了个眼神，他立马就懂了。我们俩一路冲到了篮球馆，偌大的场馆没有一个人，我们俩兴奋得为自己的"英明决策"击了个掌，就开始"斗牛"。运球、投篮、对抗……突然，一个声音响起："哪个班的？怎么午餐时间跑到这儿来了？"

原来是负责巡视的值周校长，我们当时吓傻了，已经记不起是怎么回答的，呆呆地站在原地心想：完蛋了。果不其然，这件事很快就传到了班主任黄老师的耳朵里，免不了的又是被一顿训。后来，我和仔仔也明白了实在不应该在午餐时间瞒着老师跑去运动，但我们实在太喜欢打篮球，怎么办？从那天起，我就和仔仔约好每周六到学校篮球场练球，之后的每周六也成了我们最期待、最开心的日子。

再悄悄告诉你一个小秘密：我、仔仔、另外两个同学，我们还有个秘密基地，就在班级小花园。我们每天都会在基地碰面，聊班里发生的好玩的事儿，也探讨"学霸是怎样炼成的"……可现在，我们这个秘密组织已经解散了……

2020年寒假，新冠疫情肆虐，全校师生只能在家上网课。这时，我得知了仔仔病情再一次复发的消息，只是当时不知这次的离别就成了永远。

这就是仔仔，我那么多学生其中的一个，也是最特别的一个。

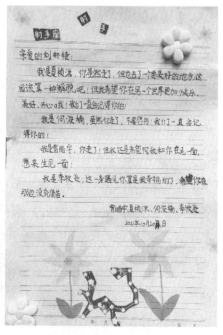

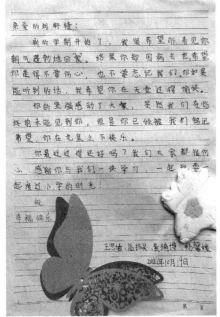

亲爱的刘轩辕：

新的学期开始了，我很希望能看见你朝气蓬勃地回家。结果你却因病去世，希望你走得不要伤心，也不要忘记我们，你如果能听到的话，我希望你在天堂过得愉快。

你的坚强感动了大家，虽然我们在临终前未能见到你，但是你已经被我们铭记，希望你在九泉之下快乐。

你最近过得还好吗？我们大家都很伤心。感谢你与我们一块学习，一起玩耍，一起度过小学的时光！

祝

幸福快乐

王思佐·高振昊·黄琦博·杨馨婕
2021年10月19日

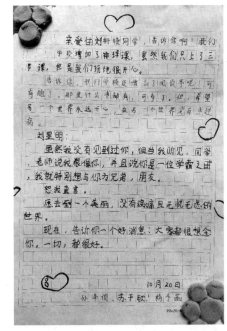

亲爱的刘轩辕同学，告诉你啊！我们学校增加了排球课，虽然我们只上了三节课，但是我们玩得很开心。

告诉你，我们学校也请了3间绘本屋，可有趣了，那里什么书都有，可多了。但，希望另一个世界永远开心，在另一个世界没有生过病。

刘里明：

虽然我没有见到过你，但当我听见，同学，老师说纸很像你，并且说你是一位学霸之王，我就特别想与你为兄弟，朋友。

恕我直言。

愿去到一个美丽，没有病痛且无忧无虑的世界。

现在，告诉你一个好消息：大家都很想念你，一切，都很好。

10月20日

孙李俊·苏于钦·杨子函

我的好哥儿们：

刘轩辕，我们一直是最亲密的伙伴，一起玩耍，一起互帮互助，那时的日子都是那么快乐。可你永远地离开了我们，我们兄弟俩再也不能一起玩了！我心里悲痛不已，我永远会记住你的！愿你在天堂里永远快乐，在九泉下安息吧！

你们好哥们：刘富瑞
20年10月日

张玉壘析

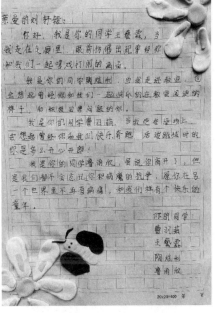

亲爱的刘轩辕：

你好，我是你的同学王毅霖，当我走在走廊里，眼前仿佛出现曾经你和我们一起嬉戏打闹的画面。

我是你的同学陈炫材，当我走进教室，会想起曾经跟你们一起快乐的在教室追逐的样子，和积极回答问题的你。

我是你的同学曹羽菡，当我走在操场上会想起曾经你和我们快乐奔跑，活泼跳跃时的你是多么开心开朗。

我是你的同学鲁甬欣，虽然你病开了，但是我们都不会忘记你积极与病魔的抗争。愿你在另一个世界里不再有病痛，和我们拥有个快乐的童年。

你的同学：
曹羽菡
王毅霖
陈炫材
鲁甬欣

亲爱的刘轩辕：

你好!

在我们的印象中，你是一个乐观、大方、聪明、自信、幽默的男孩。在舞台上，你将"大魔王"饰演得淋漓尽致；在课堂上，你踊跃举手，回答了一个个精彩的问题；在生活中，你是我们的"开心果"，总把我们逗得哈哈大笑；在学习中，你成绩优异，遇到困难你也从不退缩。

虽然我们只同窗一年左右，但我们的友情却很深很深。在你治病时，真我们了解：你勇敢、积极配合治疗，顽强地与病魔斗争。你想着总有一天配合康复！你坚强的精神深深地感动了我们，你告诉我们：做事要坚持到底、坚强拼搏、永不放弃！大家都急切地盼望你归来，遗憾的是你却永远离开了我们。听到此坏消息后，我们想痛不已。

你良师，我永远地铭在我们心中！愿你在天堂里再也没有病痛的折磨，永远快乐！我们永远爱你!!♡♡

马骐汐写

潘星彤、张玉童、马骐汐、刘宸瑞

2021年10月19日

亲爱的刘轩辕你好：

我是涂炜明，虽然你永远离开了我们，但是我们不会忘记你的。你的笑脸，你的活力四射，你的一切我都铭记。

我是杨可，你是我最最好的朋友，很可惜你不幸去世，离开了我们，还记得以前的快乐时光吗？我们会永远记住你的。

我是陈瑄瑞，刘轩辕你离开了我们，但我们会永远记住你，如我们以前的快乐时光，在天堂过美好的生活。

我是辜本沂，你在天堂过的还好吗？到了那里就没有病痛，没有病痛，姐姐希望你在天堂天天快乐，无忧无虑的生活。

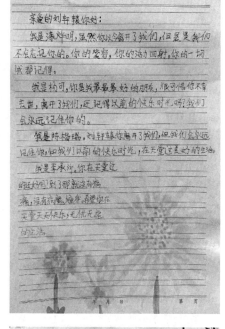

亲爱的刘轩辕：

亲爱的刘昊明，你现在过得好吗？我们都很想你，希望你不要忘记我们。如果你在天上看得见我们，请你一定要记住，我们大家永远都不会忘记你。

愿你能在天上过得好，来生我们还做同学，愿你能在天上过得精彩，来生我们还有一班相遇，愿你在天上过得开心，来生我们还在在唐四小学习。愿来世，我们还能再认识认识你儿。

愿我们亲爱的同学刘昊明一定要记住，这个世界永远都是温暖的。

——唐雅怡、刘若薇、刘奕东、何荷

愿迎春花再开之时，我们还在这里相遇。

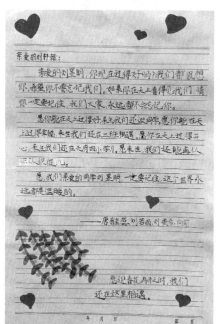

致亲爱的同学刘轩辕：

你走了，去另一个世界旅行了。

那里有书声朗朗的学堂，

那里有千古诗人李白，

那里有大地上可爱的生灵，

那儿的一切都是那么的美好。

曾经，你在阳光下奔跑。

曾经，你留给我们一个潇洒的背影。

曾经，你是威风凛凛的大魔王。

如今，你肯定把李白、杜甫的诗记着满句，如今你一定在学堂中大声着背课文。

你还好吗？

那里的果子一定很甜吧？

我们记得，一位小男孩曾经来过。

陈峭楚、李炳妍、樊欣怡、赵辰逸

2021年10月20日

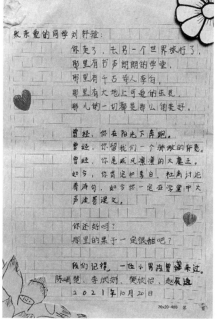

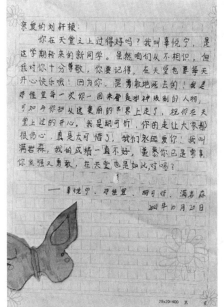

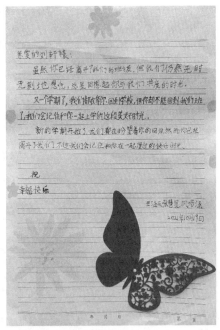

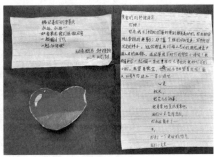

忆仔仔

—— 想想妈妈

从北京辗转到天津，天色已晚。

12 月的北方，天气冷得直打哆嗦。因没有提前预订宾馆，便在医院附近的小区里找了一间日租房凑合住一宿。两张小床歪歪扭扭地放在角落，白色的床单被洗得皱皱巴巴，显得那样的无精打采。此时的夜里，气温已经降到零度以下，能找到住的地方并且还有暖气，心里就很知足了。母亲把白天的疲惫放在床上，化为呼呼的酣睡。女儿入睡后红扑扑的脸蛋，使我的心暂时平静下来。患癌宝宝的求医之路，其中一切的心酸只有经历过的人才会明白。外出求医最难的是找到好医生，所幸我们遇见了天津肿瘤医院的王景福主任。上天眷顾，女儿乖巧懂事，我们一起熬过了最寒冷的冬天。

女儿刚一岁便确诊患癌，她除了和我交流，其他人一概不理，我知道这是她把自己封闭起来保护自己。她总是一个人玩玩具，一个人玩游戏，一个人自言自语。如果没有再次遇见开朗活泼、友爱爆棚的仔仔，女儿可能还会继续生活在自己的世界里。仔仔虽然年长 6 岁，但是他把想想当作自己的亲妹妹一样关爱照顾，想想一见仔仔就会露出她甜甜的笑容。

第一次见到仔仔是 2017 年 10 月在北京武警总医院，他是那样的聪明智慧、那样的开朗乐观、那样的惹人喜爱，他总是用幽默风趣的四川方言为死气沉沉的病房带来阵阵欢笑。那时仔仔体内的癌细胞再次出现，他选择坚强地再次与之战斗，而我们还在北京化疗。12月因女儿手术失败转院到天津肿瘤医院，仔仔则去了台湾接受质子治疗。我以为，我们的缘分就此结束，没想到，我们会再次相逢。

第二次见到仔仔是2018年4月在天津肿瘤医院，他还是那样开朗乐观，也更热情自信了，更是长高长帅了！再次重逢，实在是太开心了。仔仔见着病床上的想想，开始哄逗她，想想没有不理不睬，而是和仔仔一起开心地笑着。再后来，仔仔和我们住在同一小区，想想总是吵着要去找仔仔哥哥玩。仔仔的出现，使女儿变得开朗很多很多。

北方的6月，天气晴朗，蓝天白云，清新洒脱，仔仔和想想相约在小区里玩。哥哥拉着妹妹的手，小心翼翼地保护着妹妹在小区里溜达。小区里的树木早已换装，茂密的树叶精神抖擞地在那你打我闹。一转角，我们走到了一块不太一样的小园子。东边的竹篱笆内有盛开的月季花，还有一棵石榴树，正开着红灿灿的石榴花。北边的窗户下，整齐地摆放着兰花和石斛。窗户的左边种了一株葡萄，应该有五六年了，葡萄藤爬满了架子，一串串小葡萄正在吸收着太阳的能量。院子的南边空地，主人用泥土堆成了一小块菜地。此时的小菜园里种满了茄子、苦瓜、南瓜、辣椒……仔仔见旁边有浇菜的工具，便拿着水勺不断地给菜浇水，想想也跟着仔仔哥哥一起浇。之后的每一天，只要不化疗、不打针，仔仔和想想都会去那片园地，主要工作就是浇水，两个孩子被两位妈妈称之为"小农民"。那片园地成了仔仔和想想的乐园，他们一起给蔬菜、果树、花卉、甚至是野草浇水，或许是这些植物感受到了两位小朋友的爱意，它们的生命力更加顽强，满园的植物都旺盛地生长着……与此同时，仔仔和想想也在与病魔抗争着。

仔仔是一位神奇的化疗宝贝！其他小朋友化疗时都是在看平板电脑，他却是听书、学习、写字……其他小朋友化疗时都是哭哭啼啼，他却是整日笑呵呵给病房的人讲笑话、讲故事、讲知识……其他小朋友化疗后都是病病殃殃，他却是一如平日活泼乱跳……仔仔和正常的孩子完全无异，除了他那帅气的光头！

仔仔更是一位坚强的宝贝！2012年初次确诊时他还只是个不到两岁的小宝贝，但是经过两次手术、多次化疗、量子治疗之后，他成功打败了小怪兽，2014年春就走进了幼儿园，他成了一个无忧无虑的快乐宝贝！2017年9月，癌细胞的再次来袭打破了仔仔的刚适应的小学生活。老天爷似乎开了一个巨大的玩笑，在患癌史上有这样的说法：治愈五年后，复发的可能性几乎为零。仔仔刚好是在第五年复发了，老天为什么这样不公平？此时的仔仔长大了，他会理性对待自己的病情。经过一系列的化疗、放疗，2018年9月他再次回到了向往的校园，并且一不小心还成了小学霸。真为他感到高兴，我们的仔仔实在是太优秀了！

亲爱的仔仔，你是我心中最棒的宝贝！想想妹妹心中最棒的哥哥！我们曾约好寒暑假一起游山玩水、一起品尝美食、一起做很多快乐的事……2020年1月我收到了最不愿听到的消息，可恶的癌细胞又一次出现在你的体内了。心疼得真的无法呼吸，偷偷地躲在角落抹眼泪，但是我坚信仔仔这次也会和前两次一样战胜癌细胞。可是，最终是心碎了一地……

犹记王主任曾说："生命存在的形式是多维的。我们在这里看不见的生命，他们并没有消失，他们存在于另一个维度。我们无法左右生命的长度，但是我们可以选择永存。"亲爱的仔仔永存我心！

记不能忘却之日子——忆仔仔

—— 甫甫妈妈

　　第一次有幸认识仔仔是在 2017 年初，网上一篇仔爸关于仔仔就医的文章吸引了我。同样虎头虎脑的小脑瓜、同样圆溜溜的眼睛和机灵的小眼神，文中仔仔的照片与我两岁的儿子甫甫如此相像。不幸的却是，他俩都在一岁多患了右眼眶横纹肌肉瘤。

 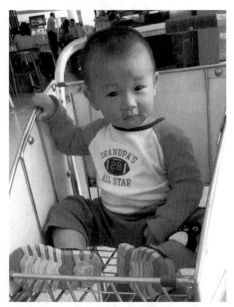

未患病前的仔仔　　　　　　　　　　　　未患病前的甫甫

甫甫患病近半年，我和甫爸尚未完全接受儿子患恶性肿瘤的现实，然而，现实却又给了我们接二连三的打击。手术切除不干净、病理结果争议大、化疗效果不佳……绝望中，仔爸的文章让我看到了一丝曙光。通过病友群，我联系上了仔爸，仔爸给了我莫大的鼓励，他说，哪怕有万分之一的机会，我们家长也不能放弃。当时的我们如同身处万丈深渊之下，找不到出路，而仔仔的治疗经历就像是从悬崖之上照亮的一道光，让我们看到了希望。是的，患同一种病，前期治疗情况同样不佳，如此相似的仔仔已战胜了病魔，甫甫也一定可以！仔仔是我们心中的小英雄！

然而，病魔仿佛永远驱赶不走。2017年下半年，甫甫结疗刚一个月，又发现原位复发，我北上为甫甫联系手术医生，又得知了不幸的消息，仔仔也复发了。

这一次的治疗经历让两位难兄难弟有了见面的机会。2018年3月，甫甫和仔仔分别在南北治疗一段时间后，先后前往台湾长庚医院放疗。我们到达台湾时，恰逢仔仔在长庚医院接受最后几次放疗，有幸与仔仔和仔妈见了几面。仿佛是上天注定的缘分，两兄弟一见如故。3岁的甫甫还略有些调皮，大他5岁的仔仔哥哥很有大哥风范，与弟弟分享玩具，陪弟弟逛长庚医院，带着弟弟吃自助餐……有仔哥陪伴时，甫甫弟弟特别乖，我和甫爸都可完全放手。看着相亲相爱的两兄弟相拥在长庚街头，我们都颇感欣慰，多么想日子就这样下去，你们永远

2018年3月16日，仔仔和甫甫在长庚医院街头

不要长大，时光永远停留在这一刻啊！

犹记得在台湾时，仔妈和我们分享过她和仔爸一路走来的心理历程，她说，她与仔爸达成共识，治疗的过程是痛苦的，但我们要开心、乐观地过好每一天。是啊，生活以痛吻我，我却报之以歌。仔爸和仔妈乐观、积极的生活态度，一直激励着我和甫爸。无论我们与孩子能同行到哪一站，一定要尽全力陪伴好与孩子在一起的每一天。在甫甫4年半的生命中，虽有三分之二的时间都在治疗中度过，但我和甫爸回忆起那段时光，仍然是快乐多过痛苦。

后面的日子，我不愿也不敢回忆。2019年8月2日，经过一系列的治疗，最终，亲爱的甫甫还是离开了我们。我不敢将这个消息与病友们分享，害怕影响到他们的正常生活。本以为，仔仔一家的生活自此步入了正规，然而，事与愿违。2020年初，疫情暴发，朋友们都停止了旅行的脚步，朋友圈里却看到仔仔和仔爸仔妈登泰山的照片，还在纳闷时，又听到了最不愿听到的消息，仔仔再次复发了。此后，我便是从朋友圈和仔爸仔妈的微信联系中了解到仔仔的情况，他一如既往的热情、向上、好学，仔爸仔妈也一如既往地乐观、积极，我们看到的永远是相亲相爱、积极向上的仔仔一家。而最终，天妒英才，亲爱的仔仔也离开了我们……

甫甫和仔仔他们离开了，却又像从未离开过。2020年的端午节，我家妹妹丫丫用爸爸的手机随机播放着音乐，突然传来一个熟悉又许久未听到的声音，甫甫在电话那头说：喂！喂！是丫丫吗？你听到我的声音了吗？我们惊讶的拿起手机，原来是一段从未被发现过的电话录音。不！这不是录音！我们更愿相信，这是甫甫在另一个世界给我们带来的端午问候，他只是换了一种方式陪伴着我们。相信仔仔也是。他们只是换了一种方式永远陪伴着我们！

致我亲爱的甫甫，我们亲爱的仔仔！

写于2022年2月17日

后　记

　　今天是 2022 壬寅虎年的元宵节，一个阳光明媚、月圆的日子，我、小梅和思源去了莲花陵看仔仔。昨天是西方的情人节，姐姐去花店买了一束鲜花，花束是按赠送情人的意义插放的，小梅说：仔就是我们的情人！鲜花在阳光中摆放在仔的墓碑前，一起摆放的还有仔小学同学的纪念卡和卡片上充满情义的文字，阳光中我们一家三口在墓碑前流淌着无尽的哀思。

　　仔生前俨然是一条书虫，他短暂而抗争的一生本来就是一本励志书，他生前就有一个愿望和妈妈尝试着合作把它写出来，这个愿望现在只有我来替他实现了。在仔离去一个月时，我决定来完成这个心愿，让仔的生命在文字里得到延续。虽然逝者已逝，但曾经活着的岁月永远鲜活着，尤其是仔积极创造幸福和抗击苦难的精神永远闪烁着生命的光芒！

　　记录仔与病魔抗争以及这个过程中引起的人文医学思考，在仔第一次治疗结束从北京归来时我就初拟过提纲。当我带着这个提纲征求川大中文系干教授意见时，他否定了我的这个想法。干教授教导我：你的孩子已恢复正常生活，这个意义已十分重大了，较之那些所谓的人性的灰黑以及行业制度的不如意就微不足道了！是的，仔活着，像正常孩子一样活着，上幼儿园，行走山海间，这是多么弥足珍贵的幸福，这是多么甜美鲜活的时光，还去触碰那些不堪回首的岁月干什么？！

如今仔拼尽全力还是没能抗争过恶性程度极高的横纹肌肉瘤，一个小生命流星一般划过茫茫天际，一个小家庭扁舟一般沉浮于大千世界。我仍选择再次提笔来完成这个愿望。意义何在?

我的心中也生出很多顾虑：比如文字会触碰医学人文关怀的痛处，比如疾病危害如花生命的悲情结局……

我首先给少儿社资深编辑三炯兄去了电话，他毫不犹豫地鼓励我写下来，说这是我人生中一段特殊的经历，不问意义，真实记录。我们聊到了行文主题、读者定位，三炯兄要我参考《小王子》，留心普遍的人性和永恒的命题。但真正行文时，我沉浸到回忆与仔共同度过的岁月，那些关于意义成分早已不能指挥笔的游走。

我把这种情况告诉《四川教育》首席记者小刚兄，他说这是你必须要完成的一项意义重大的工作。他还指导我，若是能从仔的经历中去发掘好的家庭教育和好的学校教育对一个孩子成长的重要意义，就更完美了。

仔是一个普通的孩子，也是一个特殊的孩子，他成长的经历和环境让他确实有与众不同之处，有时就是"英才"一般的存在。人说这群孩子是天赐英才，又天妒英才。其实哪有什么英才是天赐，但苦难让他们更多的时空回到了自己，周围人的关爱让他们的天性得到最好的呵护与最大自由的生长发挥，让他们成为"英才"变成了可能。其实，我们这些父母宁愿他们平庸一些，能更多地与我们相伴前行，这比天赐英才的意义更大更实在。好的家庭教育与好的学校教育这么宏大而深刻的命题，是这本记录仔短暂人生历程的文字无法承受之重。

我拨通了现在还在教育一线又笔耕不辍为孩子写小说写童诗的兄弟小波和晓军的电话，他们说仔仔是我们共同的孩子，我们每个人心中都有一个"仔仔"。我说我的心力只能完成一稿，拜托他们为我润色，他们满口应承"责无旁贷"。我心中充满无限温情。

打开微信，我给仔的班主任兼语文老师黄苹老师留言——

作者：黄老师您好，我准备给仔写下纪念文字，希望得到您的帮助。

黄老师：哦哦好的，您看您需要提供什么，我们尽力！

作者：嗯，我想您和部分孩子要能提供一些回忆仔的文字给我就好了，多叙事。

黄老师：《写给仔仔》（注：全文见书中，还有每个孩子精心制作的卡片和用心写下的文字）

作者：好的，谢谢你们！幸遇你们！

黄老师：我就是以我的视角来回忆的，不知可否？

作者：很好！让仔的生命在我们的文字里延续！

黄老师：能用文字证明仔仔来过、精彩过，我十分愿意。其实不瞒您说，那天听说要为仔写书，我不是太理解，为什么要去触碰那些回忆，过程一定是让人伤心的，承受得了吗？我这个人一直不太敢直面离别。但那天晚上回去试着梳理了回忆，发现更多的是美好。我开始理解您为他写书这件事了。

作者：是的，我们要看到仔生命抗争的积极意义，他虽一直负病在身，但他从来都努力绽放！仔都如此，我们这些健康的人，更应视努力学习勤勉工作为人生幸事！

黄老师：赞同！

作者：这必然是一次蘸着泪的写作之旅，我却希望读者能够从中获得创造生活的力量，因为这本书的主人公充满生命活力，是一位真的勇士！

我和黄苹老师的这段微信聊天更加坚定了我出发的信心。

这本书是纪念仔的，也是献给仔妈小梅的。因为仔妈从怀孕起就和仔日日夜夜血肉相依，不离不弃。我有那么多朝夕在飞行途中，又有那么多春秋在谋生路上，缺席了仔很多成长的美好时光。写作期间我每天晚饭后和小梅去小区散步半小时，聊聊当天要写的内容，小梅总能给我提供很多鲜活的素材和真实的感受。我傍晚7点半左右伏案写作，直到夜里11点前后搁笔。我习惯用笔在稿笺上写，第二天上午小梅作为第一读者，帮我提些建议并局部修改，然后拍照发给川桥印务照排室杨超经理。杨经理每天每稿亲自录入，存入文档"刘老师文字录入"。某些时日小梅传晚了杨经理便微信留言催促，我们这个流程、节奏从11月16日起，持续45天，这对我这个写作者也是个最好的督促。杨经理在录入文字的同时，理所当然地成了这本书的第二读者，我相信他应该被这个孩子及其故事深深地感动。他说要把仔的作文带给他自己的孩子读，我想他没说出的是他从文中感受到如何去为人父，和孩子一起去珍惜和创造幸福生活！

我在毕业走入社会之前写过一个约10万字的长篇，写作的苦乐已有品味。这次给仔写下这些真实的文字，一吐为快的乐趣多于笔耕的辛苦。真实的记录，真诚的表达，我被仔的顽强、乐观感动着，眼前心中全是仔的身影，欢乐着他的欢乐，幸福着他的幸福，伤心着他的伤心，不甘着他的不甘……

近200页的手稿写完，杨经理也完成了录入。作为多年杂志编辑，我对版面语言也有自己的审美要求，亲自完成了初稿设计制作，把两本样书打印出来时，我并没有完成工作后的轻松愉悦，反而有了退却和撤离的心思。

首先是书名的确定，让我思忖再三犹不能决。三炯兄建议我拟定几个，在朋友圈公开征集意见来定，我以为然。加之出版社交选题申请表在即，也需要确定书名。于是我在微信朋友圈贴出我拟定的以及身旁朋友赠予的书名以征求意见，并附上选题申请表中的"内容简介"——

本书通过作者陪伴自己11岁儿子仔仔9年辗转6省市、3次抗癌治疗这个特殊经历的所见所感，客观真实地再现仔仔始终乐观、积极、顽强地与疾病抗争，以及当今医疗系统的人文关怀现状，以亲身经历来试图帮助癌症患者及亲友这个特殊群体树立正确的疾病观和生命观；通过仔仔识字阅读、幼儿园、不完整小学、兴趣特长班等学习生活的亮点呈现，展现仔仔一边抗病一边坚持锻炼、广泛阅读、刻苦练习，最终成为"别人家孩子"般的学霸，力求让孩子们明白"健康着，学习是件幸福的事"，试着回答好的学校教育和好的家庭教育对一个少儿天性成长的影响；通过仔仔在社会、学校和家庭生活中受到的关爱，来观照人性美好和亲情温暖，正确解读苦难对于人的价值，揭示真面目，传递正能量，人间值得，未来可期。

很快收到很多朋友很好的建议，尤其是远在江南的儿童诗人雪野兄第一时间回复——

　　雪野：《仔仔》最好。平淡的后面……
　　作者：让读者自己去定义更好，是吗？
　　雪野：人人心中都有一个"仔仔"。（语音整理）老兄啊，我觉得我们出书，不管有多内在的情绪化的东西，那都是很自然的。所以我们在给书起题目的时候，尽可能回到最平静的状态。因为我们对宝贝的怀念，就一个名字，也是足以勾起所有的往事。任何给他定下的某些词汇，看似再丰富的词汇都是狭窄的某一点，还不如我们内心深处的那一种绵绵不绝的像海浪一样的一波又一波的东西。所以我个人感觉《仔仔》这两个字足以触动任何一个人，以及一个读者心底的那根弦，越简单越好，否则都有悖于我们写作的本意。
　　作者：眼泪自己流出来！以为然。

是的，"仔仔"是儿子的乳名，哪还有比乳名更亲切、更简约、更深刻、

211

更有温度的呼唤呢？人生不完整的仔仔是独一无二的，行文不完美的《仔仔》也是独一无二的！

其次是内容与读者定位的问题。初稿与大家见面后，我收到几种不同声音的回应，言语中不乏"美中不足"之意的忠告，更多的是说书中只在讲述一个小家庭一个小孩的悲与喜，未见触碰人文医学的痛处，更未展示面对苦难时人性的美好，亦没有回答好的教育对一个孩子成长的深意。如此意义单薄，导致这本书的读者定位也变得有些模糊不清。我不想这样一本书面世，因此萌生退意。

我于是拉起《仔仔》创读群，最初入群的是我们带孩子抗癌的几位家长朋友，我更相信他们对这本书的直觉，而且一开始他们就是我写这本书的第一读者假设。其中想想妈妈和我们兄妹相称，她一边带想想抗癌，一边取得汉语言文学硕士文凭，我特别问起她读后的感受——

"（语音整理）刘哥你写这本书对我个人而言非常不错，读着读着仿佛把我带入了那段时光，你的文字质朴，清新，情感真挚，是我喜欢的文风。也许是我们经历了相同的苦难，所以感受会与其他人不同，我们的观点却很相同，即这本书真正的价值在于你们这个小家庭的生活记忆，至于出版后的社会价值和市场价值只是一个附加值而已。如果为了出版而出版，就要考虑读者定位和阅读期待，这可能并不是你写这本书的初心。我认为你和姐（小梅）是很勇敢很坚强的，值得我们每个人学习，因为我们这样一群父母一般都不愿再公开这段往事。你们愿意以仔仔的经历来写成一本书，来传递一些正能量，一定是功德无量的！"

想想妈妈应邀传来了一篇记录想想和仔仔在天津抗癌的真实文字《忆仔仔》，同在南方的甫妈也应邀完成甫甫与仔仔在台湾放疗相处的回忆文字《记不能忘却之日子——忆仔仔》，均发表在书中，算是对我莫大的支持和安慰。她们还说文稿已看完，每看完一遍，心都痛一遍！虽然相隔很远，我们却痛着彼此的痛！

　　我再次坐到小刚兄对面，谈论我的这本尚未面世的文稿，一向严苛的余大记者出乎意外的给予了充分的肯定。我想也许他是资深的创作者，他知道文字能承载的意义毕竟有限，我的文字表达了应该有的那一些特殊意义，这就足够了。

　　于是我联系身边几位挚友，让他们助我这本纪念仔仔的文字能捧献给读者，我提出他们出资捐献给边远山区学校的师生和家长。我的提议得到他们慷慨解囊相助，我在这里表达我真诚的谢意。因为我们一家在仔仔抗癌路上已得到亲友太多的关爱和无私的资助，如今还要他们为该书的出版赠阅破费，我谨记下他们的名字：

　　中柱集团陈安兄弟，

　　佳钇康汇田明兄弟，

　　鼎盛文化刘勇超胞兄。

　　这本纪念仔的书到此就交给读者朋友了，让仔的生命在我的文字里延续，让仔的生命在你们的阅读中升华。我以此来和仔告别，因为生活还要继续，还有那么多有意义的事等着我去做。

壬寅虎年元宵节于锦江边